KB001868

BTS,
윤동주를
만나다

공규택 지음

BTS,
윤동주를
만나다

청춘에 대한 성찰과
자기 탐색의 노래

머리말 **이 책을 읽는
네 가지 경우의 수**

지금 이 책을 펼쳐 든 당신은 윤동주를 좋아하거나, BTS를 좋아하는 사람일 확률이 매우 높아요. 어쩌면 당신은 윤동주와 BTS를 모두 사랑하는 사람일 수도 있을 테고, 윤동주와 BTS를 잘 모르는 사람일 수도 있겠지요. 어떤 경우든, 당신이 이 책을 펼쳐 들고 있다는 것은 윤동주의 시와 BTS의 노래에 관심이 있거나 좀 더 알고 싶은 마음이 있다는 뜻일 거예요.

첫 번째 경우의 수: 나는 윤동주의 시를 잘 알고, BTS도 즐겨 듣는다
윤동주와 BTS를 모두 잘 아는 당신은 이 책의 독자로서 최적화되어 있다고 볼 수 있습니다. 혹시 윤동주와 BTS가 비슷한 노래를 하고 있다고 느낀 적이 없나요? 저는 그 비슷함을 포

착하게 된 덕분으로 이 책을 쓰게 되었어요. BTS의 어떤 노래를 듣는 중에 윤동주의 시가 머릿속에 팍 떠올랐거든요. 그런데 그런 일이 다른 노래에서도 일어난 거예요. 아마 두 사람이 시간을 거슬러 만날 수만 있다면 서로 이야기가 잘 통하는 절친이 되었겠다는 상상도 했어요. 뭐가 그리 비슷하냐고요?

윤동주와 BTS는 처한 시대 상황은 달라도 20대 또래의 청년들이 마주하게 되는 고민과 고뇌를 노래에 담았어요. 그 고민과 고뇌는 화자인 '나'를 반성하고 성찰하게 만들면서도, 성찰 후에는 늘 밝은 미래를 꿈꾸는 거죠. 절대 포기하거나 절망의 나락으로 떨어지는 법이 없었고, 둘은 그런 점에서 많이 닮아 있어요. 그래서 윤동주와 BTS의 노래에는 그 어떤 단어보다도 1인칭인 '나'가 많이 등장해요.

둘은 '나'의 정체성, 즉 참된 자아를 찾기 위해 끊임없이 노력해요. 그리고 앞으로 나아갈 길에 대해 스스로에게 묻고 또 물어요. '나'를 찾기 위한 삶의 여정을 멈추지 않아요. 긴 인생의 길에서 20대는 막 출발점에 선 시기일 텐데, 그 시기를 허투루 보내지 않고 진지한 태도로 고민하면서 삶의 큰 그림을 그려내고 싶어 했어요. 그리고 그 큰 그림 속에서 자기 자신만을 위한 꿈은 버리고, 나를 있게 해준 고마운 존재를 위한 삶을 꿈꾸었어요. 윤동주는 조국과 민족을 위한, BTS는 아미와 대중을 위한 삶을 살기로 한 거죠. 그래서 그 큰 그림 속의 삶이 아름답고 숭고하게 느껴지는 게 아닐까요?

둘의 노래에는 '별'이 유독 많이 등장해요. '달'도 별 못지않게 많이 나타나요. '우주'와 '태양'도 심심찮게 보입니다. 왜 이렇게 우주와 천체에 관심이 많을까요? 지상을 떠나 있는 천체를 통해 고달픈 현실을 뛰어넘는 이상적 삶을 꿈꾸었기 때문이 아니었을까요?

둘의 노래에는 비유와 상징이 많다는 것도 비슷해요. 윤동주는 시인이었으므로 다양한 비유와 상징을 시인답게 자유자재로 활용한 것은 어찌 보면 당연한 일인데, BTS도 시인에 버금가는 비유와 상징의 달인처럼 느껴져요. 그들이 직접 만들고 부른 많은 노랫말에는 수준 높은 비유와 상징이 돋보이는 곡들이 많아요. 그러다 보니 팬들은 같은 노래를 두고서도 다양한 해석을 양산해 내고 있는데, 이것이 또한 BTS의 노래가 가진 매력이 아닐까 싶어요. 당신이 알고 있는, 윤동주와 BTS의 공통점이 혹시 더 있나요?

두 번째 경우의 수: 나는 윤동주를 잘 모르지만, BTS는 좋아한다

당신은 혹시 '아미'가 아닌가요? 윤동주를 모르는데 BTS를 좋아하고 그들의 노래를 즐겨 듣는다면 아미일 가능성이 클 테지요. 그런데 대체 윤동주가 어떤 시인이냐고요? 대국민 설문조사를 해보면 윤동주는 우리나라 사람들이 보편적으로 가장 좋아하는 시인이라고 나와요. 어떤 점이 윤동주를 최고의 인기쟁이 시인으로 만들었을까요? 윤동주에게는 어떤 매력이 있을까요? 잘 모르겠다면 우선 당신이 좋아하는 BTS의 매력이 무엇인지에 대해 이야기해 볼까요?

저는 이 책에서 윤동주와 BTS가 가진 매력이 비슷한 결을 가지고 있음을 말하려고 해요. 윤동주와 BTS가 부른 노래에는 통하는 점이 많거든요. 당신은 BTS를 믿고 따르는 아미이지만, 애석하게도 윤동주에게는 그를 믿고 따라주는 아미 같은 팬이 없었어요. 하지만 먼 훗날 많은 국민이 그를 그리워하는 팬이 되어 있죠. 당신도 윤동주의 팬이 되어줄 수 있나요?

세 번째 경우의 수: 나는 윤동주의 시를 좋아하지만, BTS는 잘 모른다

당신은 혹시 학생인가요? 아니면 어릴 적 문학 소년·소녀였

나요? 당신이 윤동주를 처음 만난 게 혹시 학교는 아닌지요? 윤동주의 시는 국어 교과서에 가장 자주 실리는 시니까요. 학교에서 배웠던 윤동주의 시가 기억난다면, 배운 지 얼마 안 되었거나 학창 시절 문학을 좋아해서 오래전부터 윤동주의 시를 외워왔을 가능성이 커요. "하늘을 우러러 한 점 부끄럼이 없기를." 당신은 〈서시〉를 기억할 것이고, "별 하나에 추억과 별 하나에 사랑과"〈별 헤는 밤〉도 줄줄 읊을 수 있겠죠.

하지만 BTS를 모르신다고요? 빌보드 차트에서 1위를 차지했다는 〈Dynamite〉와 〈Butter〉, 이 노래의 주인공인데도요? 문학을 좋아한다면《데미안》을 모티브로 만든 노래 〈피 땀 눈물〉은 들어본 적 있겠지요? 아마도 노래만 틀어주면 '아, 이 노래!' 하고 머릿속에서 자동으로 재생될 BTS의 노래들. 학교에서 배우지 않았어도, 일부러 외우려고 애쓰지 않아도 이미 당신 머릿속에 각인되어 있는, 그 멜로디와 노랫말이 바로 BTS의 것이랍니다.

네 번째 경우의 수: 나는 윤동주도 잘 모르고, BTS도 잘 모른다
이런 경우의 독자는 정말 이 책을 운 좋게 잘 선택한 사람이에요. 이 책을 탐독하게 되면 윤동주라는 희대의 시인과, BTS

라는 최신의(동시에 트렌드를 이끄는 최전선의) 가수를 한꺼번에 제대로 알게 되는 동시에, 두 사람의 매력에 빠져들게 될 테니까요.

윤동주의 시는, 성찰과 부끄러움의 시라고 요약할 수 있고, BTS의 노래는 자기 탐색과 청춘의 노래라고 할 수 있어요. 그런데 이 책을 읽고 나면 BTS가 성찰과 부끄러움의 노래를 부르고, 윤동주가 자기 탐색과 청춘을 시로 표현했구나 하는 생각이 들 거예요. 왜냐고요? 윤동주와 BTS가 너무 닮아서 서로 옷을 바꿔 입어도 전혀 어색하지 않거든요.

공규택

차례

**1부　젊은 나이에
　　　왜 그런
　　　부끄러운 고백을 했던가**

1부

젊은 나이에
왜 그런
부끄러운 고백을 했던가

내가 쓰고 있는 수많은 가면들, 나는 도대체 누구인가?

BTS 〈Intro: Persona〉
윤동주 〈쉽게 씌어진 시〉

윤동주가 BTS와 만나기 전에

"열 길 물속은 알아도 한 길 사람 속은 모른다."라는 속담처럼, 그토록 파악하기 어려운 게 사람의 마음속이기에 역설적으로 더 알고 싶은 마음이 들기도 한다. 모르긴 몰라도 심리학이라는 학문의 태동은 사람의 마음속을 궁금해하는 이들의 지적 욕망 때문에 생겨나지 않았을까. 우리는 다른 사람의 마음을 알고 싶어 할 때가 많지만 도대체 알 수가 없는 게 사람 마음이다. 심지어 "나도 내 마음을 모르겠다." "내가 왜 이러는지 나도 모르겠다."라고 할 정도로 우리는 타인의 마음은커녕 나 자신의 속마음에 대해서조차도 잘 모르고 살지 않는가.

카를 구스타프 융(1875~1961)은 그토록 알기 어렵다는 '한 길 사람 속'을 파악하기 위해 오랫동안 심층적인 자아를 분석한 심리학자이다. 그는 탐험가들이 처음 접하는 물리적 공간을 지도로 그려내듯 인간 정신의 지도를 하나씩 그려나갔다.

다른 사람들은 평소에 나를 어떻게 보고 있을까? 막상 주변 사람들에게 물어보면 저마다 각기 다른 대답을 들려준다. "넌 공부 잘하고 성실한 모범생이지." "너는 우리 집 까불이 막내 아들이지." "너는 믿음직스럽고 의리 있는 내 친구야." 선생님과 엄마와 내 친구가 보는 '나'는 이렇게 다르다. 과연 어느 게 진짜 내 모습일까? 타인의 눈에 비치는 나의 모습은 왜 이렇게 다양할까? 융의 말에 따르면 '나'는, 여러 사람을 만나면, 만나는 수만큼의 서로 다른 가면을 쓰게 되기 때문이다.

사람들은 가족, 학교, 직장 등 자신이 처한 환경이 어떤 곳이냐에 따라 자신도 모르게 그에 걸맞은 태도를 취하게 된다. 마치 배우가 연극에서 다른 배역을 맡을 때마다 그에 걸맞은 말과 행동을 하는 것처럼 말이다. 학교에서 학생들은 학교생활에 맞는 말과 행동을 하다가도, 집에 돌아가자마자 부모님께 어리광을 부리기도 한다. 선생님이나 친구들에게는 전혀 그런 모습을 보이지 않았음에도 말이다. 학교에서는 학생이라는 가면을 쓰고 있다가, 집에 가서는 가족의 일원으로서 전혀 다른 가면을 바꿔 쓰는 느낌이랄까. 물론 이 가면은 실제로는 보이지 않는 '페르소나'라는 심리적 가면이다.

사람들은 타인의 기대치에 민감하게 반응하는 경향이 있다. 성직자는 신도들 앞에서 성스러운 행동만을 하려고 하고, 교사는 학생들 앞에서 교사다운 모범적인 행동을 하려고 하며, 가장은 가족들에게 책임감 있는 모습을 보이려고 하지 않는가. 좀 더 극단적인 예를 들어보자면, 이기적이고 무례한 사람이라고 종종 비난받던 학생이 어느 날 커피숍에서 알바를 하고 있는 현장을 목격했는데, 그렇게 친절하고 상냥할 수 없더라는 이야기가 바로 그렇다. 그 학생은 알바생으로서의 페르소나를 충실히 이행하고 있었던 것이다.

사람들은 일생 동안 무수히 많은 페르소나를 가지고 살아간다. 하지만 페르소나가 본질적 자아인 것은 아니다. 하지만 사람들은 무의식적으로 수많은 페르소나 중에서 가장 맘에 드는 것을 자아로 착각하곤 한다. 이를테면 유명한 강사가 있다고 가정해 보자. 그 사람은 수강생들에게 훌륭한 강사로 보이기 위해 멋지게 옷을 차려입고, 표준어를 구사하며, 유머 있게 말하려고 애를 쓰느라 여념이 없다. 그리고 그것이 맘에 들면

들수록 수많은 가면 중에서 유명 강사의 페르소나만을 쓰고 싶어 하게 된다. 그 결과 사람들은 그를 유능한 강사로 인정해 주고, 그러면 더욱더 그 페르소나에 애착이 생긴다. 그때는 이미 페르소나가 자아를 덮고 있는 상태가 된 것이다. 이런 상태를 일컬어 심리학 용어로 '동일시'라고 하는데, 유명 강사와 자아가 동일시되어 버리면 본질적 자아는 어디로 가버리고 유명 강사인 나밖에 남지 않게 된다. 본질적 자아를 잃게 되면 유명 강사로서의 페르소나가 발현될 때만 자기정체감을 느끼게 되고, 그런 때에 한해 자기가 살아 있는 의미를 느끼게 된다. 하지만 건강한 자아는 어떤 페르소나를 가지고 있더라도 자기자신을 잃지 않는 법이다. 어떤 상황에서도 각각의 페르소나들이 유연하게 움직여 각각의 상황에 능수능란하게 대처하기 때문이다.

평생 물어온 질문, 나는 누구인가(Who the hell am I?)

BTS의 이번 노래는 '나는 누구인가?'라는 질문으로 시작한다. 화자는 이 질문을 평생 반복해 오고 있다고 한다. 평생을 물어 왔음에도 답을 찾지 못한 화자. 나는 과연 누구일까? 내가 누구인지 자신 있게 말할 수 있는 사람이 과연 있긴 할까? 화자

도 '나'를 고작 몇 개의 단어로는 설명할 수 없을 거라고 말한
다. 페르소나가 너무 많은 탓일까. 그러나 분명한 건, 페르소
나가 너무 적어도 문제가 될 수 있다는 것이다.

　나는 누구인가 평생 물어온 질문

　아마 평생 정답은 찾지 못할 그 질문

　나란 놈을 고작 말 몇 개로 답할 수 있었다면

　신께서 그 수많은 아름다움을 다 만드시진 않았겠지

　How you feel? 지금 기분이 어때

　사실 난 너무 좋아 근데 조금 불편해

　(중략)

　예전보단 자주 웃어

　소원했던 Superhero

　이젠 진짜 된 것 같아

　근데 갈수록 뭔 말들이 많아

　누군 달리라고 누군 멈춰서라 해

　얘는 숲을 보라고 걔는 들꽃을 보라 해

　(중략)

　내가 아는 나의 흠 어쩜 그게 사실 내 전부

세상은 사실 아무 관심 없어, 나의 서툶

이제 질리지도 않는 후회들과

매일 밤 징그럽게 뒹굴고

돌릴 길 없는 시간들을 습관처럼 비틀어도

그때마다 날 또 일으켜 세운 것, 최초의 질문

내 이름 석 자 그 가장 앞에 와야 할 But

So I'm askin' once again yeah

Who the hell am I ?

- BTS, 〈Intro: Persona〉에서

화자는 무대에서 노래를 부르는 가수가 되어 많은 팬들의 '슈퍼히어로'가 되었다. 정확히 말하면 슈퍼히어로가 진짜로 된 것은 아니고, 슈퍼히어로라는 '페르소나'를 갖게 된 것이다. 무대 위에서만 쓰는 가면으로서의 페르소나. 슈퍼히어로의 삶에 잠시 도취되었던 화자는 페르소나를 자아와 동일시해 진짜로 슈퍼히어로가 된 것 같은 느낌을 받는다. 그런데 화자는 이때 "조금 불편하다."라고 고백한다. 슈퍼히어로라는 페르소나를 향해 팬들이 요구하는 바가 너무 많았기 때문일까? 달리라는 사람, 멈추라는 사람, 숲을 보라는 사람, 들꽃을 보라는 사람. 화자의 페르소나에 대해 사람들은 기대와 요구가 너무 많았고, 심지어 모순되는 경우도 있었다. 페르소나에 갇힌 화자는 이윽고 혼돈의 상태가 되고 만다. 화자는 수시로 자신에게 질문을 던진다. "나는 누구인가?"

그렇게 화자는 성찰의 시간을 갖는다. 그리고 이내 페르소나 뒤에 드리운 자신의 모습은 수많은 '흠'과 '서툶', 그리고 '후회'들로 가득하다는 것을 깨닫게 된다. 마치 윤동주가 오래전에 그랬던 것처럼 성찰하고, 후회하고, 자신의 부족함을 발견하게 된다.

내가 기억하고 사람들이 아는 나

날 토로하기 위해 내가 스스로 만들어낸 나

Yeah 난 날 속여왔을지도 뻥쳐왔을지도

But 부끄럽지 않아 이게 내 영혼의 지도

Dear myself 넌 절대로 너의 온도를 잃지 마

따뜻히도 차갑게도 될 필요 없으니까

가끔은 위선적이어도 위악적이어도

이게 내가 걸어두고 싶은 내 방향의 척도

내가 되고 싶은 나, 사람들이 원하는 나

네가 사랑하는 나, 또 내가 빚어내는 나

웃고 있는 나, 가끔은 울고 있는 나

지금도 매분 매 순간 살아 숨 쉬는

Persona

- 〈Intro : Persona〉에서

'내가 기억하고' 있고 '사람들이 아는 나'는 과연 진정한 나일까? 화자는 그것은 '내가 스스로 만들어낸 나'라고 말한다. 슈퍼히어로가 되기 위해 '날 속여왔'고 '뻥쳐왔'다고 말이다. 그러니까 그것들은 진정한 '나'의 모습은 아니다. 이 밖에도 '나'에게는 수많은 페르소나가 존재한다. 내가 되고 싶은 나, 사람들이 원하는 나, 네가 사랑하는 나, 또 내가 빚어내는 나, 웃고 있는 나, 가끔은 울고 있는 나.

그렇다면 무엇이 진정한 '나'인 걸까? 다른 사람의 눈치를 보며 차가울 필요도, 뜨거울 필요도 없이 꾸준히 나의 온도를 지키는 것이, 곧 진정한 '나'의 모습이라고 화자는 노래한다. 나는 (도대체) 누구인가? 평생을 애타게 궁금해했던 이 질문의 답은 노래가 끝날 때쯤에야 나온다. 이 모든 '나'가 모두 '나'의 모습이라는 것을 인정할 때, '매 순간 살아 숨 쉬는' 나를 느낄 수 있게 된다고 말이다. 지금도 살아 숨 쉬는 나. 그것이 바로 '나는 누구인가'라는 질문에 화자가 스스로 찾아낸 답이다.

시가 이렇게 쉽게 씌어지는 것은 부끄러운 일이다

나라를 빼앗긴 화자가 있다. 자신이 처한 현실에서 혼자 갈등하고 괴로워하면서, BTS처럼 '불편함'을 느끼고 있는 화자. 화자가 느낀 불편함의 정체는 무엇일까? 이 불편함은 BTS의 페르소나와도 관련이 있다.

　　창밖에 밤비가 속살거려
　　육첩방은 남의 나라.

　　시인이란 슬픈 천명인 줄 알면서도
　　한 줄 시를 적어 볼까.
　　땀내와 사랑내 포근히 품긴
　　보내 주신 학비 봉투를 받아
　　대학 노트를 끼고
　　늙은 교수의 강의를 들으러 간다.

생각해 보면 어릴 때 동무들

하나, 둘, 죄다 잃어버리고

나는 무얼 바라

나는 다만, 홀로 침전하는 것일까?

인생은 살기 어렵다는데

시가 이렇게 쉽게 씌어지는 것은

부끄러운 일이다.

육첩방은 남의 나라

창밖에 밤비가 속살거리는데,

등불을 밝혀 어둠을 조금 내몰고

시대처럼 올 아침을 기다리는 최후의 나,

나는 나에게 작은 손을 내밀어

눈물과 위안으로 잡는 최초의 악수.

- 윤동주, 〈쉽게 씌어진 시〉

화자는 비록 나라를 잃었을망정 '시인'이라는 페르소나를 여전히 쓰고 살아간다. 시인으로서의 삶이 하늘이 자신에게 내린 운명이라고 여길 만큼 사명감을 느끼고 있는 탓이다. 또 일본에서 유학하는 학생으로서 학비를 지원해 주는 부모님의 기대에 부응하기 위해 때로는 '유학생'이라는 페르소나도 쓰고 강의를 듣기도 한다. 하지만 화자는 시인의 페르소나도, 유학생의 페르소나도 온전히 감당해 내고 있지 못하다는 것을 깨닫는다. 나라를 잃은 탓에 유학생의 삶은 한없이 무기력하고, 시가 너무 쉽게 씌어지고 있는 시인으로서의 삶은 부끄럽기 짝이 없다.

　화자의 마음속에는 슬금슬금 불편함이 싹트기 시작한다. '내가 도대체 무엇을 바라고 이렇게 살고 있나?' 하는 자괴감 또한 들기 시작한다. 화자가 던진 이 질문은, 자신의 삶을 성찰하고 참된 자아를 찾으려는 처절한 몸부림이라는 점에서 BTS의 '나는 누구인가'라는 질문과 정확히 대응한다. 이 질문을 던지고서는 아침처럼 새로운 시대가 찾아왔을 때 부끄러워하지 않을 '최후의 나'는 어떠한 모습이어야 하는지, 화자는 그 정답을 스스로 찾아낸다.

　윤동주에게 시인으로서, 그리고 유학생으로서의 삶은 서툴고, 흠이 많아 후회로 점철된 것인지 모른다. 하지만 그런 나약한 삶을 살고 있는 '나' 역시 또 하나의 '나'임을 인정하기로 한 순간, 그리고 그런 '나'에게 '손을 내밀어' 화해하고 자신이 등불을 밝혀 어둠을 내몰겠다는 당찬 의지를 천명하는 순간, (마치 BTS가 '살아 숨 쉬는 나'를 느낀 것처럼) 화자는 드디어 자신의 이상적 자아의 모습을 찾게 된다. 내적 방황을 거듭하던 화자는 다양한 페르소나에 가려진 현실적 자아를 통합함으로써 마침내 눈물이 날 만큼 큰 위안을 얻는다.

윤동주가 BTS를 읽고 나서

식민지 현실에서 다양한 페르소나를 균형 있게 유지하는 일은 지독히 어려웠습니다. 동일시하고 싶은 페르소나도 딱히 없었던 게 사실이지요. 그래서 그토록 무기력한 삶을 살았는지도 모르겠습니다. 하지만 '시대처럼 다가올 아침'을 생각하니 내가 어떤 모습으로 살아가야 하는지 윤곽이 잡혔습니다.

BTS도 수많은 팬들의 사랑을 받을수록 참된 자신의 모습이 무엇인지 고민이 깊어졌군요. 매 순간 살아 숨 쉬는 '나'를 느끼고 싶다고 말한 BTS의 말처럼, 저 역시 조국의 밝은 미래를 위해 살아 숨 쉬면서 어둠을 내모는 등불이 되고 싶습니다. 그러기 위해서는 내가 나를 부정해서는 안 되겠지요. 시가 쉽게 씌어지는 일이 없도록 이 현실을 치열하게 극복해 나가겠습니다.

별똥별은 나의 운명,
내가 가야 할 곳은 어디인가?

BTS ⟨Answer: Love Myself⟩
윤동주 ⟨참회록⟩

윤동주가 BTS와 만나기 전에

별똥별은 유성(流星, shooting stars)이라고도 하고, 그냥 '별똥'이라고도 하는데 '별'과 '똥'이라는 단어 구성 때문에 흔히들 별에서 떨어져 나온 부산물이라고 착각하곤 한다. 하지만 과학적인 설명에 따르면, 우주에 떠돌아다니는 수많은 돌멩이와 먼지들이 지구의 대기권에 들어오게 되면 공기와 마찰하면서 빛과 열을 내는데, 이 과정에서 생기는 모든 것들을 통틀어 별똥별이라 칭하는 것이다. 사전적 정의를 보더라도 별똥별은 지구의 대기권 안으로 들어와 빛을 내며 떨어지는 작은 물체를 아울러 일컫는 말이다. 우리가 잘 아는 운석 역시 이와 같은 별똥의 한 종류로, 대기와 마찰하는 과정에서 다 타버리지 않고 땅에 떨어진 잔여물을 의미한다.

어둠을 뚫고 유독 밝은 빛을 내며 떨어지는 별똥별. 그런 까닭에 사람들은 오래전부터 별똥별에 다양한 상징적, 문화적 의미를 부여해 왔다. 유성을 타고 하늘에서부터 신이 내려온다는 신화적 상상력에 근거해, 별똥별이 떨어지는 순간 소원을 빌면 소원이 이루어진다는 믿음이 그 대표적 예이다. 또 사람들에게 저마다 자기 짝인 별들이 하나씩 있어서 누군가가 죽게 되면, 그 순간에 별똥별이 떨어진다는 미신도 마찬가지이다. 그래서 영화 속에서 한밤중에 떨어지는 유성은 불길한 죽음을 상징하는 수법으로 흔하게 쓰이곤 한다. 또 슬픈 전설 같은 이야기도 있다. 사람이 죽으면 하늘로 올라가 별이 된다고 하는데, 지상에 보고 싶은 사람이 있으면 별똥별이 되어 떨어진다는 이야기가 바로 그러하다.

일찍이 〈향수〉로 널리 알려진 시인 정지용은 자신의 시에서 이렇게 노래한 바 있다.

별똥 떨어진 곳,

마음에 두었다

다음날 가보려,

벼르다 벼르다

인젠 다 자랐소.

- 정지용, 〈별똥〉

이 시의 화자는 어릴 적, 별똥이 떨어진 곳에 가보고 싶다는 꿈을 꾼 듯하다. 하지만 결국 그 꿈을 이루지 못한 채 어른이 되고 만다. 앞으로도 별똥이 떨어진 곳에 가지 못할 가능성이 크다. 어른이 되면 현실적인 문제 때문에 더 이상 별똥에 관심을 가질 일이 없게 되므로. 그래서 화자는 별똥별을 순수함 그 자체로 인식한다. 그리고 이처럼 별똥별에 남달리 아주 특별한 의미를 부여한 시인이 또 있다.

어디로 가야 하느냐, 동이 어디냐, 서가 어디냐, 남이 어디냐, 북이 어디냐, 어라! 저 별이 번쩍 흐른다. 별똥 떨어진 데가 내가 갈 곳인가

보다. 하면 별똥아! 꼭 떨어져야 할 곳에 떨어져야 한다.

– 윤동주, 〈별똥 떨어진 데〉에서

윤동주가 1939년에 발표한 위의 산문을 보면, 별똥별이 떨어진 그곳이 자신이 가야 할 곳이라고 스스로 믿고 있음을 확인할 수 있다. 이로 미루어 볼 때 화자는 별똥별이 떨어지는 것을 하늘(혹은 절대자)이 내린 계시나 운명 같은 것으로 받아들이고 있는 듯하다. 또 별똥별에게 꼭 떨어져야 할 곳에 떨어지라고 당부하는 장면을 보고 있자면, 자신이 별똥별을 따라가야만 하는 정당성이나 명분을 스스로 찾으려 한다는 걸 알 수 있다.

그런데 별똥별을 지상으로 떨어뜨린 주체를 하늘이나 절대자가 아닌, '민족'이라고 한다면 이 시는 어떻게 해석될까? 그렇다면 윤동주는 민족의 사명을 짊어진 독립투사가 될 수도 있지 않을까? 나라와 민족이 가라고 하면 별똥별을 따라 어디든지 가서 소임을 다하겠다는 결연한 독립투사 말이다.

어느 운석 밑으로 홀로 걸어가는 슬픈 사람
윤동주가 문학을 통해 일제에 끝까지 저항하리라 마음먹은 것은, 그렇게 하는 것이 자신이 처한 환경에서 할 수 있는 최선의 독립운동이라고 생각했기 때문일 것이다. 그래서 제대로 문학을 공부하고 싶었고, 이를 위해서는 일본에서 유학하며 최신의 학문을 배워야 한다고 생각하기도 했다. 그런데 그 당시, 일본에서 유학하기 위해서는 반드시 창씨개명을 해야만 했다. 이때 윤동주는 말할 수 없는 굴욕감과 참담함을 느낀다.

파란 녹이 낀 구리거울 속에
내 얼굴이 남아 있는 것은
어느 왕조의 유물이기에
이다지도 욕될까.

나는 나의 참회의 글을 한 줄에 줄이자.
──만 이십사 년 일 개월을
무슨 기쁨을 바라 살아왔던가.

내일이나 모레나 그 어느 즐거운 날에
나는 또 한 줄의 참회록을 써야 한다.
──그 때 그 젊은 나이에

왜 그런 부끄런 고백을 했던가.

밤이면 밤마다 나의 거울을

손바닥으로 발바닥으로 닦아보자.

그러면 어느 운석 밑으로 홀로 걸어가는

슬픈 사람의 뒷모양이

거울 속에 나타나 온다.

- 윤동주, 〈참회록〉

이 시의 화자는 녹이 슬고 낡은 구리거울을 들여다보며, 그동안 살아왔던 평생의 세월을 낱알 세듯 곱씹고는 뼈저리게 참회한다. 그러고는 '만 이십사 년 일 개월을 무슨 기쁨을 바라 살아왔던가.' 하고 스스로에게 참회의 질문을 던진다. 참회란 자신의 잘못을 깨닫고 뉘우치는 행위를 의미하는데, 아무것도 하지 못하고 무기력하게 버텨온, 자신의 24년 1개월 동안의 삶에 대한 뉘우침이 이 질문 안에 담겨 있다. 세월이 흐르고 흘러 '즐거운 날'이 왔을 때 과거를 되돌아본다면 스물네 살에 했던 이 참회의 질문은 또 다른 부끄러움으로 남을지 모른다. 그러면 우리는 과연 어떻게 살아야 하는 걸까? 당연하게도 매일매일 자신의 삶을 성찰하며 부끄러움이 남지 않도록 살아야 할 것이다. 그래서 화자는 밤마다 '나의 거울'을 닦겠다고 하는 것이다.

인간의 마음속에는 저마다의 거울이 하나씩 들어 있다고들 말한다. 그 거울의 다른 이름은 '양심'이기도 하고, '영혼'이기도 하다. 또 어떤 사람은 그 거울을 '자아'라고도 하고, '신앙'이라고도 한다. 어쨌든 그 거울은 어떤 행동을 할 때마다 자신의 행동에 대한 일정한 기준점, 다시 말해 판단의 척도가 된다. 정확한 판단의 기준이 되기 위해서 거울은 늘 깨끗해야 한다. 바로 그 거울을 깨끗하게 하는 일이 반성과 성찰이다. 그래서 '거울'을 닦는 행위는 문학 작품 속에서 성찰과 반성의 의미로 흔히 쓰인다.

그렇다면 별똥별이 등장하는 마지막 연을 살펴보자. 화자는 거울 속에 '운석 밑으로 홀로 걸어가는 슬픈 사람의 뒷모양'이 나타나 보인다고 말한다. 앞서 언급한 것처럼 윤동주는 늘 별똥이 떨어지는 곳이 바로 자신이 가야 할 곳이라고 생각했다. 이 시가 일본으로 유학을 떠나기 두 달 전쯤에 쓰였으니 아마도 '운석(별똥)'이 떨어진 곳, 그러니까 자신이 가야 할 곳을 일본이라고 인식한 게 아닐까? 아마도 이때 일본으로 유학 가서 독립운동에 힘을 보태야 한다는 민족적 사명감이 구체화된 게 아닐까 싶다. 그런데 왜 '슬픈 사람의 뒷모양'이 보인다는 것일까? 슬픈 사람은 당연히 화자 자신일 텐데, 그렇다면 이는 치욕스럽게 창씨개명을 하고서라도 일본으로 건너가야 하는 자신의 슬픈 숙명 때문이리라. 윤동주는 이 시를 쓰고 닷새 후에 창씨개명을 한다. 일본으로 떠나는 그의 발걸음이 어땠을까? 어깨는 축 늘어지고 오만 가지 생각이 다 들지 않았을까? 윤동주는 그날의 참담한 기분을 예견이라도 하듯, 절절한 뉘우침의 기록을 이렇게 〈참회록〉이라는 노래로 남긴다.

저 수많은 별을 맞기 위해 난 떨어졌던가

BTS의 노래 역시 화자가 거울 속에 비친 자신의 모습을 쳐다보는 것에서부터 시작된다. 화자는 거울을 보며 늘 하던 해묵은 질문을 스스로에게 던진다. 질문의 내용이 노랫말 속에 나타나지는 않지만, 윤동주가 〈참회록〉에서 던진 질문을 그대로 가져와 보면 어떨까. "나는 태어나서 지금까지 20여 년을 도대체 무엇을 바라고 살아왔을까?" 청년 윤동주와 청년 BTS 멤버들의 고민이 수십 년의 세월을 관통해 맞닿는 순간. 20대 중반의 청년은 자신이 살아온 짧은 세월의 삶을 되돌아보며 남은 날들의 삶의 방향을 정하고 싶어 한다. 더 이상 혼란스러운 방황을 이어가고 싶지는 않은 것이다. 그래서 이 노래도 우선 지나간 날들에 대해 뉘우치는 것에서부터 시작한다.

눈을 뜬다 어둠 속 나
심장이 뛰는 소리 낯설 때
마주 본다 거울 속 너
겁먹은 눈빛 해묵은 질문

어쩌면 누군가를 사랑하는 것보다
더 어려운 게 나 자신을 사랑하는 거야
솔직히 인정할 건 인정하자
니가 내린 잣대들은 너에게 더 엄격하단 걸
니 삶 속의 굵은 나이테
그 또한 너의 일부, 너이기에
이제는 나 자신을 용서하자 버리기엔
우리 인생은 길어 미로 속에선 날 믿어
겨울이 지나면 다시 봄은 오는 거야

– BTS, 〈Answer : Love Myself〉에서

이 노래의 화자 역시 거울을 들여다보는 성찰의 시간을 거친다. 그동안 자기 자신을 사랑하지 못한 것에 대해 뉘우치며, 자기 자신에게 지나치게 엄격했음을 인정하고, 이제는 용서하자고 한다. 잘못을 인정하고 나면 자신을 용서할 수 있게 되고, 삶의 방향은 조금씩 그 윤곽이 드러나기 마련이다. 굵은 나무의 나이테처럼 20년 넘게 켜켜이 쌓인 세월의 흔적은 곧 자신의 삶 그 자체이니, (그 나이테의 모습이 엉망진창일지라도) 그것을 스스로 사랑하고 미로와 같은 인생을 헤쳐나가다 보면, 겨울이 가고 봄이 오듯 희망이 있다는 뜻이다.

일찍이 에리히 프롬은 《사랑의 기술》에서 "나 자신의 자아도 다른 사람과 마찬가지로 나의 사랑의 대상이 되지 않으면 안 된다."라고 말한 바 있다. 우리는 흔히 이타심만을 미덕으로 생각하는 경향이 있지만, 에리히 프롬은 자기애가 이타심만큼 중요하다고 말한다. 자기를 사랑하지 못하는 사람은 남도 사랑할 수 없다. 그는 같은 책에서 "오직 다른 사람만을 사랑할 수 있다면, 그는 전혀 사랑할 줄 모르는 사람이다."라고 말할 정도로 자신을 사랑하는 일의 중요성을 역설한다.

이제 이 노래의 후반부를 살펴보면서 윤동주와의 접점을 논의해 보도록 하자.

차가운 밤의 시선

초라한 날 감추려

몹시 뒤척였지만

저 수많은 별을 맞기 위해 난 떨어졌던가

저 수천 개 찬란한 화살의 과녁은 나 하나

You've shown me I have reasons

I should love myself

내 숨 내 걸어온 길 전부로 답해

어제의 나 오늘의 나 내일의 나

(I'm learning how to love myself)

빠짐없이 남김없이 모두 다 나

- 〈Answer: Love Myself〉에서

　　노래의 후반부에 등장한 1인칭 화자 '나'를 하늘에서 떨어지는 '운석'이라고 가정해 보자. 차갑고 어두운 우주 공간을 배회하던, 먼지에 불과하던 운석은 초라한 자신의 모습을 어둠 속에 감추기 급급했으나, 별똥별이 되어 지구로 떨어진 순간, 하늘에서 빛나는 수많은 별들이 찬란한 빛을 내뿜으며 자신을 맞이하는 경험을 하게 된다. 그렇다면 BTS에게 쏟아지는 수많은 별빛들은, 결국 자신들을 응원하는 수많은 아미들의 환대일 것이다.

이 노래의 화자는 스스로를 지구에 떨어진 운석(별똥별)에 빗대어 표현함으로써 어두운 우주 속에서 지구로 떨어진 운석의 처지를 자신의 숙명처럼 받아들인다. 그래서 자신을 지켜봐 주는 수많은 팬들을 향해 무대 위에서 노래하는 것, 그 역시 나의 숙명이자, 팬들이 부여한 사명이라고 생각하게 된다. 마치 윤동주가 일본 유학을 자신의 숙명이자, 민족을 위한 사명으로 생각했던 것처럼.

나를 지켜봐 주는 팬들 덕분에 '나를 사랑해야 하는 이유'를 알게 되었고, 과거와 현재, 그리고 미래의 나까지 모두 '빠짐없이' 사랑하는 법을 배우고 있다고 노래하는 BTS. 내가 나를 사랑하는 한, '슬픈 사람의 뒷모습' 같은 것은 절대 보이지 않을 BTS의 앞날은, 밤하늘에 쏟아지는 별똥별처럼 밝고 환하기만 하리라.

윤동주가 BTS를 읽고 나서

저는 운석이 떨어진 곳을 제가 가야 할 곳이라고 여겨 일본으로 떠납니다. 수많은 별빛을 받으며 하늘에서 떨어지는 운석의 운명처럼, 사명감을 가지고 노래하는 사람들이 바로 BTS 당신들이군요.

하지만 거울 속에 비친 내 모습은 너무나 치욕스럽기만 합니다. 더욱 치열하게 성찰해 '즐거운 날'이 올 때까지 더 이상 부끄럽게 사는 일이 없도록 해야겠습니다.

자기 자신을 사랑할 수만 있다면, 별똥별이 어느 곳에 떨어지든 슬프지 않게 그곳으로 갈 수 있을 것 같습니다. 그러므로 BTS가 꾸준히 자기 자신을 사랑하는 법을 배우는 일은, 내가 밤마다 손바닥과 발바닥으로 거울을 닦는 행위만큼 값지고 가치 있는 행동이라고 생각합니다.

자화상은 삶의 미로 속에서
나를 찾는 열쇠

BTS 〈Reflection〉

윤동주 〈자화상〉

윤동주가 BTS와 만나기 전에

반 고흐, 윤두서, 렘브란트, 피카소, 서정주…. 이들은 어떤 사람들일까? 동서양을 불문하고 자기 자신의 모습을 기가 막히게 예술로 표현해 후대에 이름을 남긴 대가들이다. 이들 중에 반 고흐와 렘브란트는 말이 필요 없는 화가이고, 그들이 남긴 자화상만 꼽아보아도 수십 편이 넘을 정도로 독보적이다. 피카소 역시 그 명성에 걸맞게 개성이 넘치는 자화상을 다수 남긴 바 있고, 얼핏 생소하게 느껴질지도 모르는 이름인 윤두서는 우리나라에서 가장 인상적인 자화상을 남긴 화가 중 한 명의 이름이다. 이들이 남긴 자화상을 검색해 보면 다들 누구나

"아, 이 그림!" 하고 한마디씩 아는 척을 하게 되는, 널리 알려진 명작들이다.

　문인들도 자화상을 많이 남겼는데, 그중 조금 특별한 자화상을 꼽아보자면 서정주의 시 〈자화상〉을 들 수 있겠다. 그림 작품으로서의 자화상이 아닌, '애비는 종이었다'로 시작해 '병든 수캐마냥 헐떡거리며 나는 왔다'로 끝나는 시 〈자화상〉. 그리고 이번 챕터에서 자세히 살펴보게 될 〈자화상〉은 서정주의 시보다 앞서 윤동주가 창작한 작품으로, 특유의 진솔하고 담백한 표현으로 현대인들의 사랑을 듬뿍 받고 있는 시이다.

　'자화상'이라는 말이 무색하게 사실 자화상은 자기 자신을 있는 그대로 그려내는 데 목적이 있지 않다. 요컨대 자화상은 자신의 내면을 살펴 그림 속에 자신의 마음을 인상적으로 담아내는 데 묘미가 있다. 그림에 외양만 묘사하고 자신의 마음을 드러내지 않는다면 그것은 자화상으로서 예술적 가치가 없다. 카메라로 찍은 사진과 다를 바가 없기 때문이다. 그렇다면 시인들이 남긴 자화상에는 시인의 어떤 모습과 마음이 담겨 있을까? 또 BTS는 자신의 자화상을 어떻게 노래로 표현했을까?

어쩐지 그 사나이가 미워져 돌아갑니다

누구나 거울을 들여다보며 산다. 거울을 안 보는 사람은 없고, 거울 속 자신에게 말 한마디 걸어보지 않은 사람 역시 없다. 스스로를 칭찬하는 말, 격려하는 말, 때로는 다그치는 말…. 거울 속 자신의 모습을 물끄러미 바라보며 속으로 해도 될 말을 마치 타인에게 하듯 굳이 입 밖으로 소리 내어 스스로에게 건넨 적이 한두 번이 아닐 것이다. 누구나 다 그렇게 해보게 된다.

왜 그렇게 행동할까? 인간에게는 자기 자신에 대한 반성과 성찰이, 생존에 필수불가결하기 때문이다. 나를 먼저 알아야 남을 알고, 그래야 주위 환경에 적절히 대응해 나갈 수 있다. 거울 속 '나'에게 말을 거는 행위는 자신의 삶의 태도에 대해 반성하고 성찰하게 함은 물론이고, 그 결과를 일상에 반영해 더 나은 삶을 꾀할 수 있게 한다. 인본주의 심리학자 매슬로는 인간의 욕구 단계 중에서 가장 높은 수준의 단계로 '자아실현의 욕구'를 거론한 적이 있다. 거울을 들여다보며 자신을 되돌아보는 행위야말로 인간의 가장 고귀한, 자아실현의 욕구에 다름 아니다. 윤동주는 거울 대신에 '외딴 우물'에 비친 자신의 모습을 다음과 같이 읊조렸다.

산모퉁이를 돌아 논가 외딴 우물을 홀로 찾아가선 가만히 들여다
봅니다.

우물 속에는 달이 밝고 구름이 흐르고 하늘이 펼치고 파아란 바람
이 불고 가을이 있습니다.

그리고 한 사나이가 있습니다.
어쩐지 그 사나이가 미워져 돌아갑니다.

돌아가다 생각하니 그 사나이가 가엾어집니다. 도로 가 들여다보
니 사나이는 그대로 있습니다.

다시 그 사나이가 미워져 돌아갑니다.
돌아가다 생각하니 그 사나이가 그리워집니다.

우물 속에는 달이 밝고 구름이 흐르고 하늘이 펼치고 파아란 바람
이 불고 가을이 있고 추억처럼 사나이가 있습니다.

– 윤동주, 〈자화상〉

거울 속 자신에게 말을 건네는 행위는 남들에게 보이기 민망하고 부끄러운 행동이다. 거울을 들여다보는 행위를 자신을 성찰하는 행위라고 한다면, 자기 자신을 성찰하는 일은 필연적으로 철저히 고독하게 이루어질 수밖에 없다. 이 시의 화자가 굳이 '산모퉁이를 돌아'서 '외딴 우물을 홀로 찾아가'야만 한 까닭이 바로 이 때문이다. 우물을 가만히 들여다보니 우물 속에는 '달, 구름, 하늘, 바람, 가을'이 먼저 비치고 있다. 그러고 나서 눈에 보이는 것이 '사나이', 즉 화자 자신의 모습이다. '달, 구름, 하늘, 바람, 가을'과 같은 자연물은 '사나이'의 모습과 너무도 다르게 조화롭고 아름답게만 보인다. 반면에 우물 속에 비친 '사나이'의 모습은 너무나도 '미워' 보여 화자는 그만 등을 돌리고 만다. 화자 자신이 되돌아본 스스로의 삶의 모습에 실망하고 부끄러워하는 장면이라고 할 수 있다.

그런데 돌아가다 생각하니, 세상에 버림받고 더군다나 화자 스스로에게마저 버림받은 그 '사나이'가 왠지 가엾게 느껴져 도로 발길을 돌려 우물 속을 들여다본다. 가엾다고 해서 곧바로 '사나이'를 좋아할 수는 없다. 여전히 미운 사나이일 수밖에 없다. 그래서 또다시 외면하고 돌아서는 발걸음에, 이번에는 '달, 구름, 하늘, 바람, 가을'처럼 순수하고 아름다웠던 '사나이'

의 옛 모습이 그리워지기 시작한다.

내가 옛날의 나처럼 순수한 모습으로 살아갈 수 있다면 얼마나 좋을까? 이미 현실적 자아와 이상적 자아가 분열된 화자에게선 탄식만이 나올 뿐이다. 현재의 화자(현실적 자아)는 우물을 들여다보며 추억 속 가장 아름다웠던 '사나이'(이상적 자아)의 모습을 떠올리고는 증오와 애정이 교차하는 내적 갈등을 봉합한다. 그러곤 앞으로 어떻게 살아야 할지, 내가 진정으로 바라는 삶의 모습이 어떤 것인지 마치 결심하듯 확인하고, 이상적 자아의 모습을 되새김한다.

가끔 나는 내가 너무너무 미워

"나는 이 영화가 너무 재밌어. 매일매일 잘 찍고 싶어"라는 노랫말로 자신의 인생을 영화에 비유하며 시작하는 이 노래는 BTS가 2016년에 발표한 〈Reflection〉이라는 곡이다. 화자는 좋은 영화를 만들고 싶은데 그게 잘 안 되어서 때로는 자신을 '쓰다듬어' 위로해 주고 싶기도 하다. 하지만 자신의 삶이 잘 짜인 영화 각본만큼은 수월하지 않다는 것을 깨닫는 순간, 스스로를 자주 미워하게 된다고 노래한다. 윤동주의 〈자화상〉에서 화자가 우물 속에 비친 '사나이'를 불쌍히 여기면서도 동시에 미워하는 것과 거의 유사한 상황임을 확인할 수 있다.

그렇다면 〈Reflection〉에서의 '우물'은 어디일까. 이 노래의 화자는 '뚝섬'에서 스스로를 되돌아본다. 윤동주의 〈자화상〉에서 화자가 우물을 통해 자신을 몇 번이고 돌아본 것처럼. 다만 뚝섬은 성찰의 공간일 뿐만 아니라, 너무나 밉게 느껴지는 '나'를 '쓰다듬어 주'는 위로의 공간이기도 하다.

이 노래의 제목 'Reflection'이라는 말은 일차적으로는 거울, 수면 등에 비친 상(像)을 뜻한다. 이는 한강의 뚝섬 물가에 비친 자신의 형상을 의미하는 것과 동시에 반성하고 성찰하는 모습이라는 점에서, 자화상이라는 의미도 가지게 된다.

내가 스스로를 사랑할 수 있게 되기를

윤동주의 〈자화상〉 속 화자가 우물 속에 비친 자신의 모습을 미워했다가, 가여워했다가, 다시 미워하고, 이내 그리워하는 등 극심한 감정의 변화를 느낀 것처럼 〈Reflection〉의 화자 역시 마찬가지이다. '나를 향한 좋고 싫음'이 '매일 반복'된다는 노랫말을 통해 이 노래의 화자에게도 '기쁨'과 '시름'이 번갈아 나타나고, 자신을 향한 '좋고 싫음'의 감정이 밀물과 썰물처럼 교차되고 있음을 알 수 있다. 심지어 매일 반복된다고 노래하고 있으니, 화자가 받는 심적 스트레스가 여간 심각한 게 아닌 듯싶다.

'밤을 삼킨 뚝섬'에서 화자는 환한 낮 동안에는 전혀 느끼지 못한 자신의 부족함을 느낀다. 윤동주 시의 화자가 '산모퉁이를 돌아 논가 외딴 우물을 홀로 찾아'간 것처럼 〈Reflection〉에서 밤을 삼킨 뚝섬은 화자에게 현실과 단절된 '전혀 다른 세상'이다. 그리고 전혀 다른 세상에서 마주하는 자신의 모습은 현실에서와는 전혀 다르게 보이기 마련이다.

뚝섬을 찾은 화자는, 다른 사람들은 모두 제자리를 찾아 잘 살고 있는 것 같은데 유독 자기만 방황하고 있는 것 같아 자괴감이 든다고 노래한다. 윤동주도 〈자화상〉에서 초라했던 자기 자신과는 달리 아름답고 순수한 '달, 구름, 하늘, 바람, 가을'이 우물 속에 비친 것을 보고 잠시 자괴감에 빠졌던 적이 있다. 자화상을 응시하며 자신을 성찰하는 순간에는 누구든 평소에 안 보이던 부끄러운 민낯과 마주하게 된다. 그래서 자화상을 들여다보는 시간은 겸허해지는 시간이기도 하다.

〈Reflection〉의 화자가 마냥 부정적인 모습만 바라봤던 것은 아니다. 화자는 뚝섬에서 '나는 나를' 보게 된다고 노래하는데, 앞의 '나'는 현실적인 자아이고 뒤의 '나'는 이상적 자아에 해

당한다. 이는 곧 현실의 '나'가 새로운 '나'를 발견하게 되는 과정이다. 우리는 이미 〈자화상〉에서 화자가 추억처럼 서 있는 사나이를 떠올리며 삶의 새로운 방향을 설정하는 과정을 목격한 바 있는데, BTS 역시 윤동주와 비슷한 성찰의 과정을 거치고 있음을 알 수 있다.

〈Reflection〉에서 현실의 자아는 나만의 참다운 자유를 지속적으로 원하고, 행복함 속에도 불행을 느끼는 부족하고 불안하고 불완전한 존재이다. 그럼에도 불구하고 이 불완전한 현실적 자아는 결국 (노래 끝부분에서) 이상적 자아를 만나게 된다. 화자는 "I wish I could love myself."라고 노래하며 스스로를 사랑할 수 있기를 바라 마지않는다. 실제 노래에서는 이 부분이 무려 여덟 번 반복될 만큼 간절하게 표현된다.

스스로를 사랑할 수 있기를 바라는 모습, 이것이 바로 〈Reflection〉의 화자가 뚝섬에서 찾은 자신의 참된 모습이다. 윤동주도 우물 속 '사나이'가 미워져 돌아서지만 끝내 그 모습을 그리워하며 다시 자신에게로 돌아오게 되는 것처럼, BTS도 뚝섬에서 자기 자신을 진심으로 사랑하기로 마음먹는다. 이렇듯 자화상은 삶의 미로 속에서 방황하는 '나'가 참된 '나'를 찾게 되는, 열쇠 같은 역할을 한다.

우물 속에 비친 내 모습을 보는 순간, 암담한 현실을 살아가며 아무것도 못 하고 그저 무기력하게 지내고만 있는 스스로가 너무나 부끄러웠습니다. 하지만 내가 나를 사랑하지 않으면, 스스로를 지킬 수 없습니다. 추억처럼 서 있는 그 '사나이'의 모습을 그리워하며 우물가에서 성찰의 시간을 보냈더랬죠.

BTS도 나의 우물 같은 뚝섬에 찾아가서 자신을 되돌아보는 시간을 가졌나 보군요. 불안해하지 마세요. 자유와 부자유, 행복과 불행, 모두가 마치 밀물과 썰물과 같아서 그 어떤 것도 영원할 수는 없습니다. 오로지 나 자신을 믿고 사랑하는 게 최선의 자유이고 행복일 겁니다.

내가 피 흘리는 고통을
마다하지 않는 까닭은?

BTS 〈ON〉

윤동주 〈십자가〉

윤동주가 BTS와 만나기 전에

윤동주는 살아생전에 실존주의 철학의 창시자라고 일컬어지는 키르케고르에 심취해 있었다고 전해진다. 요즘 흔히들 쓰는 '덕후'라는 표현에 걸맞게 윤동주는 키르케고르의 저서를 끊임없이 탐독하며 그 사상을 파고들었다. 윤동주는 왜 그토록 키르케고르에 심취했던 걸까?

키르케고르는 기존의 철학에서 무시되어 왔던 개인의 삶에 관심을 가졌다. 실존이란 쉽게 말해 '인간 개인의 구체적인 삶'이다. 기존 철학자들의 이론적이고 추상적인 철학의 방식에서 탈피해 개개인의 아주 구체적인 삶에 철학의 초점을 맞추기 시작한 것이다. 키르케고르는 자신의 저서《죽음에 이르는 병》에서 '절망'이 인간을 죽음에 이르게 한다고 말한다. 그의 주장에 따르면 절망은 인간만이 할 수 있고, 인간이기 때문에 할 수 있는 것이다. 바꿔 말해 절망에 빠지지 않는다면 '인간'답게 살지 않는 것이고, 절망에 빠진 인간이 절망에서 벗어나려는 노력을 하지 않는다면, 불행한 일인 것이다. 바로 이 지점에 윤동주의 시를 이해하는 열쇠가 있다.

일제 치하에서 윤동주는 늘 절망적일 수밖에 없었다. 하지만 그는 절망에 숨어들거나 절망 때문에 무언가를 포기하지는 않았다. 윤동주의 시를 보면 화자가 자신이 처한 절망적 상황을 노래하고 후반부에서 그 절망을 극복하고 희망의 미래를 노래하는 패턴으로 이어진다. 가령 〈서시〉에서 화자는 '잎새에 이는 바람에도 괴로워'한다. 하지만 이내 '나한테 주어진 길을 걸어가야겠다'라며 희망적인 다짐을 한다. 〈쉽게 씌어진 시〉에서 화자는 '시가 이렇게 쉽게 씌어지는 것은 부끄러운 일'이라면서 무기력한 삶을 반추하지만 후반부에서는 이내 '등불을 밝혀 어둠'을 내몰고, '시대처럼 올 아침'을 기다리겠노라고 희망을 노래한다. 이렇게 보면 윤동주는 자신이 처한 절망적 상황을 이겨내기 위해서 키르케고르의 사상에 기대어 희망을 찾으려고 했던 것은 아닐까?

한편 키르케고르는 실존적 삶을 세 단계로 나누었는데, 첫째 단계는 미적(美的) 실존이고, 둘째 단계는 윤리적 실존이며, 셋째 단계는 종교적 실존이다. 미적 실존은 향락을 위해 사는 삶을 의미한다. 윤리적 실존은 양심을 가진 인격자로서 윤리적인 삶을 추구하며 자신에게 주어진 의무를 성실하게 이행하며 살아가는 삶을 의미한다. 최종 단계인 종교적 실존은, 인간은 부족하고 흠이 있으므로 '절망'할 수밖에 없는 상황에서 신을 전적으로 믿고 신에 의지하며 신과 함께 살아가는 삶을 의미한다. 실존적 삶의 세 단계로 미루어 보아, 키르케고르는 인간은 신앙의 힘으로만 절망이라는 병에서 벗어날 수 있다고 여긴 듯하다. 그렇다면 키르케고르를 흠모했던 윤동주가 실존의 최종 단계인 '종교적 실존'의 모습을 자신의 작품에서 어떻게 담아내려 했는지 살펴보기로 하자.

꽃처럼 피어나는 피를 조용히 흘리겠습니다

기독교 신자였던 윤동주에게 〈십자가〉는 자신의 신앙을 자연스럽게 녹여 넣은 작품이다. 민족적 수난기에 맞서는 자신의 태도와 의지를 '십자가'라는 기독교적 상징을 통해 드러내면

서, '종교적 실존'의 단계에 이른 화자 자신의 모습을 그리고
있다. 다시 말해 이 시는 신앙의 힘으로 절망적 상황에서 벗어
나려는 화자의 노력을 보여주고 있다.

쫓아오던 햇빛인데
지금 교회당 꼭대기
십자가에 걸리었습니다.

첨탑이 저렇게도 높은데
어떻게 올라갈 수 있을까요.

종소리도 들려 오지 않는데
휘파람이나 불며 서성거리다가,

괴로웠던 사나이,
행복한 예수 그리스도에게
처럼
십자가가 허락된다면

모가지를 드리우고

꽃처럼 피어나는 피를

어두워가는 하늘 밑에

조용히 흘리겠습니다.

- 윤동주, 〈십자가〉

'쫓아오던 햇빛'이 교회당 꼭대기의 '십자가'에 걸린다. '햇빛'은 화자가 추구해 오던 이상일 터인데 햇빛이 십자가에 걸리는 바람에 더 이상 쫓을 수가 없게 된 것이다. 햇빛을 가로막은 십자가가 너무도 높은 '첨탑'에 걸려 있다는 것으로 보아, 자신이 품어왔던 인간적 이상은 종교적 신앙 앞에서 무의미하다는 것을 깨달은 것일까. 윤리적 실존의 단계를 넘어 종교적 실존의 단계로 나아가는 단초가 바로 이 지점에서 드러난다.

'종소리도 들려 오지 않'는 엄혹한 시절, 화자는 무엇을 할 수 있을까? 들리지 않는 종소리를 두고 '휘파람이나 불며 서성거리'는 것은 소극적인 대처일 뿐이다. 이때 화자는 십자가에 못 박혀 순절한 예수 그리스도를 떠올리며 '꽃처럼 피어나는 피'를 '조용히 흘리겠'다고 노래한다. 인간의 죄를 사하고자 자신의 목숨을 버려 희생한 예수 그리스도처럼, 화자는 자신도 조국과 민족을 위해 피 흘리는 고통을 마다하지 않겠다는 순교자적 의지를 나타낸다. '죽어도 좋다'는 이 절박한 의지는, 자신의 삶을 신에게 전적으로 내맡기는 (종교적 실존의 단계에 이른) 화자의 모습을 확인할 수 있게 한다. 이는 화자가 신을 믿고, 민족의 미래를 믿기에 가능한 것이리라.

나는 고통스럽게 피 흘리겠어(I'm gonna bleed with you)

BTS의 〈ON〉은 새로운 세계에 서툴게 첫발을 내딛는 화자의 이야기로 시작한다. 화자는 그 세계가 두려운 듯, 화자의 또 다른 자아라고 할 수 있는 '그림자'는 흔들리는 모습을 보인다.

> Look at my feet, look down
>
> 날 닮은 그림자
>
> 흔들리는 건 이 놈인가
>
> 아니면 내 작은 발끝인가
>
> 두렵잖을 리 없잖아
>
> 다 괜찮을 리 없잖아
>
> (중략)
>
> Hey na na na

미치지 않으려면 미쳐야 해

Hey na na na

나를 다 던져 이 두 쪽 세상에

Hey na na na

Can't hold me down cuz you know I'm a fighter

제 발로 들어온 아름다운 감옥

Find me and I'm gonna live with you

- BTS, 〈ON〉에서

낯선 환경, 불편한 세상에서 화자는 두려움을 극복하지 못해 미칠 지경이다. 화자는 미치지 않기 위해 자신의 일에 미치도록 몰입하겠다고 하는데, 이는 세상과 싸워나가겠다는 화자의 의지에 다름 아니다. 그래서 화자는 스스로를 'fighter'라고 칭하며, 자신을 세상에 '다 던져'버리겠다고 노래한다. 낯선 세상은 '감옥'처럼 두렵고 떨리는 곳이겠지만 스스로 선택한 길이기에 '아름다운' 곳이 될 수도 있다.

나의 고통이 있는 곳에

내가 숨 쉬게 하소서

(중략)

You should know

Can't hold me down cuz you know I'm a fighter

깜깜한 심연 속 기꺼이 잠겨

Find me and I'm gonna bleed with you

가져와 bring the pain

올라타봐 bring the pain

Rain be pourin'

Sky keep fallin'

Everyday oh na na na

Find me and I'm gonna bleed with you

– 〈ON〉에서

그런데 고통에 직면한 화자는 신을 향해 자신의 고통을 덜어달라고 기도하지 않고, 윤동주의 〈십자가〉에서처럼 오히려 고통 속에 살고 싶다고 기도한다. '나의 고통이 있는 곳에 내가 숨 쉬게 하소서' 이 기도문은 뒤이어 '깜깜한 심연 속'에 '기꺼이 잠'기겠다는 화자의 다짐으로 이어진다.

이 기도문의 청자가 '신'이었다면, 이 뒤에 이어지는 노랫말의 청자는 '고통'으로 바뀐다. '내가 파이터라는 걸 너도 잘 알기 때문에 너는 나를 끌어내릴 수 없다.'라고 노래하는 부분에서 '너'는 바로 '고통(pain)'을 의미하는 것으로 봐야 한다. 고통에 맞선 화자의 모습이 구체적으로 형상화된 구절이다.

화자는 매일매일 비가 쏟아붓고, 하늘이 무너지는 듯한 시련 속에 살게 될지라도 호기롭게 이제 '고통을 가져오라(bring the pain)'고 외친다. 누구에게? 바로 '고통'에게 말이다. 또 고통을 피하지 않고 차라리 고통에 올라타겠다고도 한다. 그렇게 화자는 고통과 동행하는 삶을 살게 된다. 'YOU'가 '고통'을 지시하는 말이기 때문에, "I'm gonna bleed with you"라는 마지막 구절은 '나는 너와 함께 피를 흘리겠다.'가 아닌, '나는 고통스럽게 피 흘리겠다.'로 해석하는 편이 훨씬 자연스럽다.

이 노래의 후반부는 이처럼 두려움 가득한 세상에 주눅 들지 않겠다는 화자의 비장한 각오를 담고 있다. 이 화자의 피 흘림은 누구를 위한 희생일까? 자신들의 노래를 듣고 따라주는 팬들? 어쩌면 혹시 그 누구도 아닌, 바로 자신을 위한 희생은 아닐까? 세상의 고통에서 벗어나기 위해 고행으로 평생을 수도하는 어느 수도승처럼 화자는 그렇게 쉬지 않고 인생을 살아간다. 이 노래의 제목이자 계속된다는 의미의 '온(ON)'처럼.

윤동주가 BTS를 읽고 나서

내가 흠모하는 키르케고르가 '종교적 실존'의 삶을 강조하는 것을 보고, 나도 그의 뜻대로 살아보고자 노력했습니다. 조국을 위해 피 흘리겠노라는 다짐도 그런 맥락에서 나온 말입니다. 내가 믿어왔던 신을 전적으로 의존하고 따름으로써, 조국의 독립을 위해 기꺼이 목숨을 내놓겠다는 각오를 할 수 있었습니다.

BTS, 당신들의 고통을 두려워하지 않는 태도, 그리고 외려 고통과 맞서는 용기가 부럽습니다. 고통스럽게 피 흘리겠다는 각오로 당신들은 더 강해질 테지요. 또 당신의 그 희생으로 누군가는 자유를 얻고, 누군가는 행복을 얻게 될 거라 믿어요.

2부

별 하나에
아름다운 말
한마디씩 불러봅니다

밤은 별이 있어 아름답고,
별이 있는 곳에 사람이 있다

BTS 〈소우주〉

윤동주 〈별 헤는 밤〉

윤동주가 BTS와 만나기 전에

'별'은 동서고금을 막론하고 미술이나 음악에서 빠질 수 없는 주요 소재였다. 굳이 예를 들어 나열하지 않아도 될 만큼 별을 화폭에 담아낸 화가들이 즐비하고, 별을 노래한 음악가들 역시 마찬가지로 많다. 문학에서도 이와 별반 다르지 않다. 별을 문학적 소재로 사용한 가장 유명한 작품으로는, 알퐁스 도데의 소설 〈별〉과 우리나라에서는 황순원의 소설 〈별〉을 꼽을 수 있겠다. 두 작품 속 별은 수십 년이 지나도 여전히 우리의 기억 속에 강한 인상으로 남아 있다.

알퐁스 도데의 〈별〉에서는 깊은 산골짜기의 양치기가 평소에 남몰래 짝사랑하던 주인 아가씨와 우연히 산장에서 하룻밤을 보내게 된다. 둘이서 밤하늘에 대한 이런저런 이야기를 나누던 중 목동의 이야기를 듣던 아가씨는 어느새 목동의 어깨에 머리를 기대고 잠이 든다. 너무나 행복한 나머지 목동은 아가씨의 얼굴을 보며 해가 뜰 때까지 그대로 밤을 지새울 정도이다. 그리고 아가씨를 지켜보며 이렇게 생각한다. "밤하늘의 가장 밝은 별 하나가 길을 잃고 내려와 내 어깨에 기대어 잠들었노라." 이 마지막 구절이 알퐁스 도데의 소설을 별빛처럼 빛나게 했다.

황순원의 〈별〉에서는 태어나기도 전에 엄마를 잃은 한 소년이 등장한다. 소년은 성장하면서 엄마의 얼굴을 상상하며 그리워한다. 소년에게는 누이가 있었는데, 누이가 못생겼다고 생각하는 소년은 동네 사람들이 누이와 죽은 엄마가 닮았다고 말하고 다니는 게 못내 싫다. 자신이 그리워하는 엄마가 못난 누이를 닮았을 리 없다고 부정하는 것이다. 그러다 시집을 간 누이가 불현듯 세상을 떠나게 된 어느 날, 소년의 눈에 아름다운 별이 들어온다. 소년은 그 별에서 어머니의 모습을 떠올린다. 누이는 죽어서도 저렇게 아름다운 별이 될 수는 없을 거라고 애써 부인하면서.

알퐁스 도데가 그린 별은 순수하기 이를 데 없는, 이 세상에서 가장 지고지순한 이미지를 보여주고, 황순원의 별은 어린 소년의 가슴속에 묻힌 그리운 엄마의 이미지와 맞닿아 있다. 그렇다면 우리는 어떤 별을 보고, 듣고, 읽어왔을까? 우리는 어떤 별을 알고 있을까?

별 하나에 어머니, 어머니 VS 한 사람에 하나의 별

윤동주의 시 〈별 헤는 밤〉을 전반부와 후반부로 나누어서 살펴보도록 하자. 이 시에서 화자는 어느 깊은 가을밤에 하늘을 가득 채운 '별들'을 올려다보며 특별한 방법으로 그것들을 하나씩 헤아리기 시작한다.

계절이 지나가는 하늘에는
가을로 가득 차 있습니다.

나는 아무 걱정도 없이
가을 속의 별들을 다 헤일 듯합니다.

가슴속에 하나 둘 새겨지는 별을

이제 다 못 헤는 것은

쉬이 아침이 오는 까닭이요,

내일 밤이 남은 까닭이요,

아직 나의 청춘이 다하지 않은 까닭입니다.

별 하나에 추억과

별 하나에 사랑과

별 하나에 쓸쓸함과

별 하나에 동경과

별 하나에 시와

별 하나에 어머니, 어머니,

어머님, 나는 별 하나에 아름다운 말 한마디씩 불러봅니다. 소학교 때 책상을 같이했던 아이들의 이름과, 패, 경, 옥, 이런 이국 소녀들의 이름과 벌써 애기 어머니 된 계집애들의 이름과, 가난한 이웃 사람들의 이름과, 비둘기, 강아지, 토끼, 노새, 노루, 프랑시스 잠, 라이너 마리아 릴케, 이런 시인의 이름을 불러봅니다.

이네들은 너무나 멀리 있습니다.

별이 아스라이 멀 듯이,

어머님,

그리고 당신은 멀리 북간도에 계십니다.

- 윤동주, 〈별 헤는 밤〉에서

화자는 별이 '가슴 속에 하나 둘 새겨지'고 있다고 노래하고 있으나, 사실 화자의 가슴속에 새겨지고 있는 것은 추억과 사랑, 쓸쓸함과 동경, 시와 어머니인 듯싶다. 마치 밤을 꼬박 새우더라도 별을 전부 셀 수 있다는 듯이 화자는 별을 하나 셀 때마다, 자신이 그 옛날부터 소중하게 여기던 사람들을 꼬박꼬박 떠올린다. 화자는 별 하나마다 '아름다운 말 한마디씩'을 붙여본다. 소학교 때 친구부터 시작해, 낯선 이민족 소녀의 이름, 가난한 이웃 사람들의 이름, 그리고 자신이 동경하던 유명한 시인의 이름까지. 그러고도 모자라 사랑스러운 동물들의 이름까지 떠올려 불러본다. 가을밤을 수놓은 영롱한 별빛들을 보며 별 하나하나에 소중한 옛것들을 짝지어 보는 것이다. 그렇게 함으로써 그들 모두가 화자 자신에게 별 하나의 가치와

맞먹는 소중한 존재들임을 드러낸다.

　이때 화자는 별이 멀리 있듯이, 소중한 그들도 지금은 너무나 멀리 떨어져 있음을 깨닫는다. 그 누구보다도 자신의 고향 북간도에 계실 어머니가 몹시도 그리워져 어머니를 불러본다. 어머니와 물리적으로는 '아스라이' 멀리 떨어져 있을지라도, 하늘의 별은 어머니의 하늘에도 화자의 하늘에도 동시간대에 떠 있을 것이므로 이 둘은 같은 시간을 공유하게 되는 것이다. 그뿐만이 아니다. 어쩌면 어머니 이외에도 고향에 있는 화자의 소중한 이들이 별을 쳐다보며 화자를 그리워하고 있을지도 모른다. 화자는 이렇게 별빛을 매개로 소중한 사람들과 소통하고 어머니에 대한 그리움을 달랜다.

　반짝이는 별빛들
　깜빡이는 불 켜진 건물
　우린 빛나고 있네
　각자의 방 각자의 별에서

　어떤 빛은 야망
　어떤 빛은 방황

사람들의 불빛들

모두 소중한 하나

(중략)

You got me

난 너를 보며 꿈을 꿔

I got you

칠흑 같던 밤들 속

서로가 본 서로의 빛

같은 말을 하고 있었던 거야 우린

(중략)

한 사람에 하나의 역사

한 사람에 하나의 별

70억 개의 빛으로 빛나는

70억 가지의 world

– BTS, 〈소우주〉에서

BTS의 〈소우주〉도 '반짝이는 별빛'과 도시의 불빛으로부터 노래가 시작된다. 〈별 헤는 밤〉이 가을이라는 계절적 배경을 제시한 것과 달리, 〈소우주〉는 도시라는 공간적 배경을 제시한다. 별빛에 도시의 불빛을 더한 정도의 차이뿐, 둘 모두 그 빛들 속에서 '야망'을 읽고, '방황'도 읽으며 모두가 소중한 존재임을 깨닫는 데 일치점을 보인다. '한 사람에 하나의 별'이 대응한다는 인식은 〈별 헤는 밤〉의 그것과 정확히 일치한다. '70억 개의 빛'이란 지구상에 존재하는 모든 인간의 수를 뜻하는데, 그 70억이 각자 하나의 '세계(world)'를 구축할 수 있을 정도로 화자에게 '한 사람'의 무게감은 결코 가볍지 않다. 오죽하면 한 사람 한 사람이 모두 '소우주'와 같다고 했을까.

칠흑과도 같은 어두운 밤. 너와 내가 서로를 돕고 의지하며, 함께 바라본 별빛과 불빛을 통해 서로 교감하며 '같은 말'을 나누고 있었다는 〈소우주〉의 노랫말은, 윤동주가 〈별 헤는 밤〉에서 아스라이 멀리 떨어진 북간도의 어머니와 밤하늘의 별빛을 공유하는 방식과 닮아 있다. 이제 분위기가 전환되는 두 노래의 후반부를 살펴보도록 하자.

나의 별에도 봄이 오면 VS 밤이 깊을수록 빛나는 별빛

〈별 헤는 밤〉의 전반부에서 고향에 두고 온 소중한 존재들을 그리워하던 화자는 후반부에서 현재 자신의 상황을 직시하고 성찰의 자세를 취한다. '밤을 새워 우는 벌레'는 화자의 감정을 이입해 시대를 고민하는 시인의 심정을 대변하고 있다.

나는 무엇인지 그리워
이 많은 별빛이 내린 언덕 위에
내 이름자를 써보고
흙으로 덮어버리었습니다.

딴은 밤을 새워 우는 벌레는
부끄러운 이름을 슬퍼하는 까닭입니다.

그러나 겨울이 지나고 나의 별에도 봄이 오면
무덤 위에 파란 잔디가 피어나듯이
내 이름자 묻힌 언덕 위에도
자랑처럼 풀이 무성할 거외다.

- 〈별 헤는 밤〉에서

화자는 별빛이 쏟아져 내린 언덕 위에서 자신의 이름을 써
보면서 스스로를 성찰한다. "나는 그들보다 얼마나 순수하고
소중한가." "나는 내가 그리워하는 그 모든 것을 지켜낼 수 있

는가." 그러곤 이내 그 이름을 흙으로 덮어버린다. 자신의 부족함에 부끄러움을 느낀 것이다. 하지만 부끄러움에 그치지 않고, '나의 별에도 봄이 오'게 될 것이라고 희망찬 미래를 노래한다. 자신이 흙으로 덮어버린 부끄러움을 뚫고 '자랑처럼 풀이 무성할' 것이라는 맨 마지막의 부르짖음은, 시인이 그토록 그리던 조국의 광복에 대한 염원, 바로 그것이 아닐까?

어두운 밤 (외로워 마)

별처럼 다 (우린 빛나)

사라지지 마

큰 존재니까

Let us shine

(중략)

가장 깊은 밤에 더 빛나는 별빛

가장 깊은 밤에 더 빛나는 별빛

밤이 깊을수록 더 빛나는 별빛

– 〈소우주〉에서

어두운 밤이 되면 외로워지기도 두려워지기도 또 공연히

어둠 속으로 숨어버리고 싶어지기도 한다. 그런데 지금까지 〈별 헤는 밤〉과 〈소우주〉를 통해 소중한 사람들을 별 하나씩에 빗대었던 두 화자의 태도를 떠올려 보자. 화자는 결코 외로워하거나 두려워하거나 숨지 않는다. 별은 어둠 속에서 환하게 빛을 발하는 존재이고, 그래서 밤을 아름답게 만들고야 마는 존재이다. 그러니 화자는 어두운 밤에도 '함께 빛나자(Let us shine)'고 독려하며 희망을 노래한다. 더욱이 별빛은 밤이 깊을수록, 주위가 어두울수록 더 빛나게 될 테니, 어두운 밤에 처하게 되더라도 포기하지 말자는 위로는 결코 허투루 던지는 희망 고문이 아니다.

스스로 숨거나 사라지지만 않는다면 별은 찬란한 아침이 올 때까지 어둠 속에서도 찬연하게 빛날 수 있다. 그것이 바로 우리 한 사람 한 사람 모두를 '별'처럼 소중하다고 노래하는 BTS가, 우리의 삶 속에서 발견한 '소우주'의 섭리이다.

윤동주가 BTS를 읽고 나서

밤하늘의 별을 통해 소중한 사람들을 떠올려 봅니다. 그들은 모두 순수했던 유년 시절을 함께 했던 그리운 대상들입니다. 하지만 지금 진정으로 그리운 것은 따로 있습니다. 바로 조국의 희망찬 미래입니다. 비록 지금은 차가울지라도 머지않아 나의 별에도 따스한 봄이 오길 간절히 바랍니다.

BTS, 당신들은 별빛을 통해 수많은 사람들을 위로하고 다독이고 있습니다. 당신들도 그들이 모두 소중하다고 여기고 있겠죠? 그래서 그들을 '소우주'라고 부르고 있는 것이겠지요. 밤이 아무리 어두워도 우리 포기하지 말고 빛을 냅시다. 아침이 오고 봄이 올 때까지, 계속해서 말입니다. 그것이 '별'의 속성이고 책임이고, 사명인 게 아닐까요?

작을수록 좋다,
사랑하게 되면 비로소 보이는 것들

BTS 〈작은 것들을 위한 시〉

윤동주 〈흰 그림자〉

윤동주가 BTS와 만나기 전에

우리를 둘러싼 세계와 그 세계의 규칙을 밝혀내는 과학적 방법에는 크게 두 가지가 있다. 작은 것들이 모여 큰 것이 되는 방향으로 연구하는 방법이 그 하나이고, 그 반대로 큰 것들을 쪼개어 작은 것들이 되는 방향으로 연구하는 방법이 있다. 전자는 망원경을 통해 대상을 바라보며, 우주의 탄생, 우주의 질서 등 거대한 규모의 연구를 진행한다. 후자는 현미경을 통해 대상을 바라보며 원자나 양자, 전자 등 작디작은 미시의 세계를 파고드는 연구를 한다.

과학뿐만이 아니라 역사학에도 작고 사소한 것에 집중하는

'미시사(微視史, Microhistory)'라는 분야가 있다. 우리가 익히 알고 있는 전통적인 역사는 왕위 계승이나 전쟁, 영토, 위인(혹은 영웅) 등이 중심일 때가 많다. 반면에 미시사는 평범한 개인이나 작은 집단에 집중함으로써 중요한 역사적 사실을 알아내려고 한다. 그래서 미시사는 전통적인 역사학에서 소홀히 다루었던 것에 특별한 관심을 기울인다. 가령 과거에 기록된 개인의 사소한 일기나 편지, 재판 기록, 그리고 특별할 것 없는 일상의 물건 하나가 미시사의 연구 대상이 되기도 한다.

전통 역사학이 주로 '위대한 인물'을 다루었다면 미시사는 주로 하층민(농민이나 노예), 그리고 시대적으로 소외되었던 여성이나 어린이 등에도 관심을 기울인다. 이렇게 작디작은 사람과 사물에 관심을 갖는 미시사는 개인의 일상을 둘러싼 다양한 의미를 마치 그물처럼 소중한 하나의 이야기로 엮어내곤 한다. 작디작은 이야기를 통해 작은 것의 소중함을 알려주고, 이를 통해 우리가 미처 깨닫지 못한 커다란 역사적 진실에 접근하도록 도와준다.

나태주의 유명한 시 〈풀꽃〉에서도 너무 작고 사소해 보이는 나머지 사람들은 풀꽃의 아름다움을 잘 인식하지 못한다. 시인은 이러한 풀꽃의 가치를 파악하기 위해서는 '자세히', '오래 보아야' 한다고 노래하는데, 이는 어느 한 사람을 진정으로 사랑하는 행위에 있어서도 마찬가지이다. 사랑은 아주 세심한 관심을 필요로 하는 행위이다. 작고 소소한 '풀꽃'을 바라볼 때처럼, 우리의 일상과 주변에서 작은 것에 특별한 관심을 가질 때는 언제일까?

네 모든 걸 다 가르쳐줘

BTS도 크고 거창한 것보다는 작고 사소한 것에 특별한 관심을 보였다. 그래서 '작은 것'들을 위한 시 한 편을 세상에 내놓았다. BTS의 노래에 등장하는 작은 것은 과연 무엇을 의미할까?

'Boy With Luv'라는 부제를 붙여 〈작은 것들을 위한 시〉라는 제목으로 발표한 그들의 노래는 거기에 붙어 있는 부제가 암시하듯 사랑에 빠진 한 소년의 이야기이다. 그 노래 속의 소년은 그녀에게 '너의 모든 것을 다 가르쳐달라'고 조르기도 하고 '뭐가 너를 행복하게 하는지' 궁금하다고 한다. 소년은 그녀의 하나부터 열까지를 모두 알고 싶어 한다.

너의 하루를 궁금해하고, 너를 행복하게 하는 것이 무엇인지 알고 싶은 화자. 너의 모습이 담긴 그림을 '머리맡에 두고' 그림으로나마 그녀를 매일 보고 싶어 하는 화자가 이 노래의 주인공이다. 사춘기의 열병을 앓고 있는 풋풋한 소년이 어느새 사랑에 빠지고 하늘을 날 듯 행복한 '나'는, 더 높이 날고 싶은 욕구를 마다하고 사랑하는 '너'와 눈높이를 맞추며 살고 싶다고 노래한다. 어차피 저 높은 하늘까지 날아갈 수 있도록 전지전능한 '이카루스의 두 날개'를 달아 준 것도 '너'이기 때문에 화자는 기꺼이 너의 눈앞에 머물고자 한다. 그런데 화자는 언제부터 '너'에게 눈을 맞추고 싶어졌을까? 또 화자가 눈높이를 맞춘다는 것은 어떤 의미일까?

사랑에 빠지기 전, 화자는 자기 자신도 모르게 '힘이 들어가기도' 하고, '높아버린 sky, 커져버린 hall'이라고 노래하듯 자신에게 부여된 높은 목표와 책임감 때문에 도망치고 싶을 정도로 감당하기 버거운 삶을 살아야만 했다. 힘이 잔뜩 들어간 화자는 삶의 무게를 감당하느라 미처 '너'를 바라볼 수 없었다. 하지만 너의 상처를 발견하고 '너의 상처는 나의 상처'라고 노래하며 동병상련의 감정을 느낀 순간, 화자는 저 높은 곳에 있는 '태양'을 향하지 않고, 낮은 곳에 머물고 있는 '너'에게 향하기로 마음을 먹는다. 그 이후로 화자의 삶의 태도는 완전히 바뀐다. 하늘로, 더 높은 태양을 향해 날갯짓을 하던 화자는 이제 지상의 그녀와 눈높이을 맞추려고 한다. 그것이 그녀를 향한 진정한 사랑의 행위라고 믿기 때문이다.

이제 조금은 나 알겠어. 그저 널 지킬 거야

니체는 자신의 저서 《선악을 넘어서》에서 "사랑은 다른 사람에게는 전혀 보이지 않는, 그 사람의 아름답고 고귀한 것을 찾아내고 주시하는 것이다."라고 말한 적이 있다. 화자는 '널 알게 된 이후'에 '이제 조금은 나 알겠어.'라고 자신의 삶의 태도가 완전히 바뀌었음을 고백한다. '내 삶은 온통 너'라고 노래하듯 화자의 삶은 '너'를 중심으로 돌아가기 시작한다. '너'를 둘러싼 사소한 것들이, 니체의 말처럼 다 소중하고 특별하다는 것을 깨닫게 된다. 그래서 사랑에 빠진 사람이 다 그렇듯 '너'에 관한 것이라면 하나부터 열까지 모든 것이 알고 싶어지는 것이다.

화자가 한때 '운명'으로 여기며 힘겹게 추구하던 '세계의 평화'나 '거대한 질서'와 같은 거창한 담론은 이제 관심 밖의 일이 된다. 화자는 겸허하게 말한다. '운명 따윈 처음부터 내 것이 아니었다'고 말이다. 세계의 평화, 우주의 질서, 숙명과 운명, 그런 거대한 것들과 맞부딪쳐야만 영웅이 되는 것이 아니라, 사랑하는 '너'를 지키는 것만으로도 '영웅'이 될 수 있음을 깨닫게 된다. '너무 작던' 화자가 거창하고 거대한 담론을 뒤로 한 채 '그저' 너만을 지키며 너를 둘러싼 소소한 것들에 관심을 가지며 거기서 행복을 찾아내고자 한다. 너의 걸음걸이나 말투, 사소한 습관까지 속속들이 화자의 관심 대상이 되니, 이 노래는 자연스럽게 사랑하는 '너'를 둘러싼 '작은 것'들을 찬양하는 시가 된다.

요컨대 이 노래는 너를 알게 된 후, 삶에 변곡점이 될 큰 깨달음을 얻고 삶의 태도가 극적으로 바뀐 화자가, 비로소 삶의 짐을 덜고 소소한 행복을 찾아가는 내용의 노래이다. 사랑에 빠진 한 소년은 이제 그 어떤 갈등이나 걱정도 없이 온전히 자신의 삶을 가꾸어갈 준비를 끝마친다.

이제 모든 것을 깨달은, 신념이 깊은 의젓한 양(羊)

앞서 〈참회록〉 편에 나온 것처럼, 윤동주는 일본 유학을 위해 참담한 심정으로 창씨개명까지 해가며 '세계의 평화'나 '거대한 질서'와 같은 이상을 가지고 '운명'적인 길을 떠난다. 그는 과연 꿈꾸었던 이상을 이룰 수 있었을까? 윤동주는 어느 날 삶의 새로운 변곡점을 맞이하게 된다.

황혼이 짙어지는 길모금에서

하루 종일 시들은 귀를 가만히 기울이면

땅거미 옮겨지는 발자취 소리,

발자취 소리를 들을 수 있도록

나는 총명했던가요.

이제 어리석게도 모든 것을 깨달은 다음

오래 마음 깊은 속에

괴로워하던 수많은 나를

하나, 둘 제고장으로 돌려보내면

거리 모퉁이 어둠 속으로

소리 없이 사라지는 흰 그림자,

흰 그림자를

연연히 사랑하던 흰 그림자들,

내 모든 것을 돌려보낸 뒤

허전히 뒷골목을 돌아

황혼처럼 물드는 내 방으로 돌아오면

신념이 깊은 의젓한 양(羊)처럼
하루 종일 시름없이 풀포기나 뜯자.

- 윤동주, 〈흰 그림자〉

　황혼이 지는 저녁 무렵, 하루 종일 세파(世波)에 시달린 화자
는 가만히 귀를 기울이고 '땅거미 옮겨지는 발자취 소리'를 듣
는다. 그런데 이 부분에 잠깐 주목해 보자. 해가 질 무렵의 '땅
거미'는 시각적으로 느껴지는 감각이다. 그리고 '발자취 소리'
는 청각적 감각을 요구한다. 그렇다면 이는 일종의 공감각적
이미지일 터인데, 화자의 발상과 표현에 의하면, 땅거미 지는
소리는 가만히 귀를 기울여야만 들을 수 있는 아주 작디작은
소리에 불과하다. 화자는 지금과 달리 이전에는 그 작은 소리,
땅거미의 발자취 소리를 미처 들을 수 없었던 듯싶다. 그 사실
은 '발자취 소리를 들을 수 있도록 나는 총명했던가요.'라고 성
찰하고 있는 것으로 미루어 짐작할 수 있다.

　이때 삶의 변곡점이 찾아온다. 화자는 '이제 어리석게도 모
든 것을 깨달'았다고 말한다. 과연 무엇을 깨달았을까? 윤동주

는 삶의 매 순간이 치열했다. 크나큰 이상만을 품고 살았기 때문이다. 그런데 가만히 귀를 기울이면 크나큰 이상뿐만 아니라 일상의 보잘것없는 것도 소중하게 느껴지는 순간이 있다. 일상의 보잘것없는 '땅거미 지는 소리'를 들을 수 있을 정도라면 삶에 대해 총명해진 경지에 오른 것 아닐까? 이 세상에는 땅거미 소리처럼 일상의 작고 사소한 것을 느끼지 못한 채 살아가는 사람들이 무수히 많다. 바로 과거의 화자가 그랬던 것처럼. 하지만 지금의 화자에게는 그 작디작은 소리가 들리기 시작한다.

일본에서의 유학 생활이 평탄치 않았던 시기, 윤동주는 이 시를 창작했다. 새로운 삶을 향한 극적인 태도 변화가 필요했을까. 〈흰 그림자〉 속의 화자는 다행히도 어느 날 찾아온 깨달음으로 인해 마음속에서 오랫동안 괴로워하던 '흰 그림자'를 달랠 수 있게 된다. 갈등과 번뇌로 점철된 자아를 상징하는 '흰 그림자'를 비로소 하나, 둘 위로하면서 평화로웠던 원래의 자리로 돌려보낼 수 있게 된다.

BTS의 〈작은 것들을 위한 시〉에서 삶을 힘겨워하며 하늘 높이 날던 '나'는, 바로 이 시의 '흰 그림자'에 대응되는 존재이다. 나의 '흰 그림자'들을 모두 돌려보낸 뒤, 바꿔 말해 드디어 마음의 평안을 찾은 뒤에, 화자는 자기 방으로 돌아온다. BTS의 노래에서 하늘 높이 날던 화자의 변화 양상을 떠올려 비교해 보면 이해하기 쉽다. 〈작은 것들을 위한 시〉의 '나'는 지금까지의 삶의 무게감에서 벗어나 아무 걱정 없이, 사랑하는 '너'를 지키는 삶을 결심하게 된다.

〈흰 그림자〉의 화자 역시 마찬가지이다. 흰 그림자를 떠나보낸 이 시의 화자는, '신념'을 지키는 한 마리의 '양'이 되기로 한다. 이제는 마음속 갈등을 떨쳐내고 '의젓'하고 의연해지기로 마음먹은 것이다. 그래서 이제 화자는 아무 시름없이 '풀포기'를 뜯으며 새로운 삶을 살아갈 마음의 준비를 마치게 된다.

윤동주가 BTS를 읽고 나서

제 삶은 고뇌의 연속이었습니다. 이 시의 '흰 그림자'의 모습이 이를 잘 반영하고 있지요. 다행히 중요한 깨달음을 얻은 이후에 흰 그림자는 모두 사라지고 제 마음에는 평안이 찾아왔습니다. 이제는 일상을 소중히 여기며 무엇인가를 이루려고 안달복달하기보다는 스스로의 신념을 굳건히 지키며 일희일비하지 않겠습니다.

BTS, 당신들이 〈작은 것들을 위한 시〉를 노래했는데, 사랑에 빠진 순간 세상 모든 것들은 아름답고 소중해 보이기 마련이지요. 당신들이 노래한 것처럼 '작은 것'을 지키는 것도 영웅의 길이라는 말에 동감합니다. 크고 거창한 것에 집착하지 않고, '작은 것'에 비로소 눈뜬 당신들은 이제 이 세상을 헤쳐나갈 수 있을 만큼 충분히 '총명'해진 것 같습니다.

참다운 행복을 찾기 위해
일탈과 반항이 있어야 한다

BTS 〈N.O〉

윤동주 〈만돌이〉

윤동주가 BTS와 만나기 전에

주위에선 우리를 베이비붐 세대라고 불렀다. 당시 고3이었던 나는 4명 중에 1명밖에 대학에 갈 수 없는, 피를 말리는 경쟁의 현실 속에서 그야말로 새벽부터 밤늦게까지 학교에 남아 공부를 해야만 했다. 육체적으론 몹시 힘들었지만 큰 불만 없이 이제 곧 대학에 들어갈 꿈을 꾸며 입시 공부에 박차를 가하고 있을 때였다.

인터넷도 없던 시기. 입에서 입으로 소문이 나기 시작하더니, 이미 발 빠른 친구들이 한 영화를 관람하고는 교실에서 그에 대한 이야기를 하기 시작했다. 그 당시 누구나가 이 영화를 보고 싶어 했고, 나 역시 대입을 코앞에 둔 시기에 용기를 내어 극장을 찾은 적이 있다. 바로 1989년에 전국을 강타한 영화, 〈행복은 성적순이 아니잖아요〉를 보기 위해서 말이다. 고3 수험생의 입장에서 이 영화를 본 뒤, 나는 세상을 달리 보기 시작했다.

'내가 지금 하고 있는 공부가 행복을 위한 필요조건이 아니라, 죽음과도 같은 경쟁에 내몰리는 고통을 담보하고 있던 것이었구나.' 학교에서 늘 1등을 하던 주인공은 성적이 떨어지면서 가족과 친구의 기대에 부응하지 못하고 스스로 실망한 나머지 결국 세상과 등지게 된다. 극단적이면서도 지극히 현실적인 내용의 이 영화는 한창 감수성 예민했던 중고생들의 마음을 울렸다. 영화가 던진 메시지는 세상을 떠들썩하게 만들었고, 당시 학생들의 마음에 파문을 일으켰다.

이 영화 이후, 행복하지 않은 학교를 소재로 많은 노래들이 발표된다. 그 대표적인 예가 바로 1994년에 발표된 '서태지와 아이들'의 〈교실 이데아〉이다. 서태지와 아이들은 전국의 수백만 아이들을 아침 7시 30분까지 교실로 몰아넣고 머릿속에 똑같은 것을 집어넣고 있는 획일적인 학교 교육을 비판하는 노래를 발표하는 것으로 세상을 또 한번 뒤집어 놓는다. 하지만

2021년인 지금까지도 학교는 여전히 행복한 공간과는 거리가 멀다. 물론 이는 학교 자체의 문제라기보다는 학교를 품고 있는 이 사회의 시스템과 기득권을 가진 기성세대의 가치관이 변하지 않은 탓이 클 것이다.

서태지 이후 20년 만에 이 시대를 살아가는 청소년의 행복의 조건과 교육 제도를 다시 돌아보는 노래가 BTS에 의해서 발표된다. BTS는 왜 또 우리의 교육 제도와 행복에 대해 노래해야만 했을까? 〈행복은 성적순이 아니잖아요〉와 〈교실 이데아〉를 거쳐 30년이 넘는 세월 동안, 청소년을 둘러싼 교육 제도와 그것이 구현되는 학교라는 공간이 하나도 변하지 않았기 때문이다. 세상은 결코 쉽게 변하지 않는다.

친한 친구도 밟고 올라서게 만든 게 누구라 생각해

'좋은 집 좋은 차 그런 게 행복일 수 있을까? In Seoul to the SKY 부모님은 정말 행복해질까?' BTS는 2013년도에 발표한 〈N.O〉를 통해 '진정한 행복이란 무엇인가?'라는 물음을 던진다. 그러곤 이어서 경쟁에 내몰린 교육 현장 속 청소년들의 마음속 울분을 숨김없이 토해낸다. 30년 전에 이미 영화 〈행복은 성적순이 아니잖아요〉를 경험한 나로서는, 그 영화가 가진 메시지를 그대로 노래로 바꾸어놓은 게 아닌가 싶을 정도로 신랄하고 현실적으로 다가왔다.

> 좋은 집 좋은 차 그런 게 행복일 수 있을까?
> In Seoul to the SKY, 부모님은 정말 행복해질까?
>
> 꿈 없어졌지 숨 쉴 틈도 없이
> 학교와 집 아니면 피씨방이 다인 쳇바퀴
> 같은 삶들을 살며 일등을 강요
> 받는 학생은 꿈과 현실 사이의 이중간첩
>
> 우릴 공부하는 기계로 만든 건 누구?
> 일등이 아니면 낙오로 구분 짓게 만든 건 틀에 가둔 건
> 어른이란 걸 쉽게 수긍할 수밖에
> 단순하게 생각해도 약육강식 아래
> 친한 친구도 밟고 올라서게 만든 게 누구라 생각해 what?
>
> - BTS, 〈N.O〉에서

부모님은 서울 소재의 일류 대학에 들어가기만 하면 행복

할 것이라고 말하지만, 그 엉터리 행복 때문에 학생들은 꿈도 잃은 채, '쳇바퀴' 같은 삶을 살게 되었고, 낙오되지 않고 일등이 되기 위해 '공부하는 기계'로 전락하게 되었다. 수많은 학생들이 '숨 쉴 틈도 없'고 틀에 갇혀 약육강식의 경쟁에 내몰리게 된 것은 과연 누구의 책임일까? 마침내 우리가 잔인하게도 '친한 친구도 밟고 올라서게 만'들어버린 것은 단지 부모님의 욕심 때문만은 아닐 것이다. 그렇게 강요하는 부모님 역시 더 치열한 경쟁 속에서 살아남은, 이전 세대의 피해자일 뿐이다. BTS는 우리 사회가 가진 '삐딱한 시선', 그러니까 요즘의 청소년에게 향해 있는, 획일화되고 편향된 가치관에 대해 문제를 제기하고 있는 것이다.

놀고먹고 싶어 교복 찢고 싶어
Make money good money 벌써 삐딱한 시선
막연함뿐인 통장, 내 불행은 한도 초과지
공부하는 한숨 공장, 계속되는 돌려막기

어른들이 하는 고백 너넨 참 편한 거래
분에 넘치게 행복한 거래 그럼 이렇게도 불행한 나는 뭔데

공부 외엔 대화 주제가 없어

밖엔 나 같은 애가 넘쳐 똑같은 꼭두각시 인생

도대체 누가 책임져 줘?

어른들은 내게 말하지 힘든 건 지금뿐이라고

조금 더 참으라고 나중에 하라고

Everybody say NO!

더는 나중이란 말로 안 돼

더는 남의 꿈에 갇혀 살지 마

We roll (We roll) We roll (We roll) We roll

Everybody say NO!

정말 지금이 아니면 안 돼

아직 아무것도 해 본 게 없잖아

- 〈N.O〉에서

학창 시절에는 오로지 공부만 해야 한다는 편견에 사로잡
힌 기성세대. 그런 까닭으로 어른들은 돈을 벌고 싶다고 하면

삐딱한 시선을 보내고, 공부가 아닌 다른 하고 싶은 게 있다고 하면 더 참으라고 훈계하기 일쑤이다. 게다가 공부 말고는 딱히 대화의 주제도 없는 현실. 그러니 청소년들은 한숨이 나오는 현실에도 갈피를 잡지 못한 채 학교로 발걸음을 옮긴다. 그 옛날 서태지가 〈교실 이데아〉라는 노래를 통해 비판했듯, 어른들이 모두 똑같은 것만 머릿속에 집어넣으려 한 탓에, 우리 사회에는 모두 '똑같은 꼭두각시'만이 존재하게 된 것이다.

이 노래는 어른들이 강요하는 인내라는 덕목이 얼마나 허위에 가득한 것인지 고발하고, 현실적인 참된 행복의 의미를 되짚는다. '놀고먹고 싶'고 '교복을 찢고 싶어' 하는 마음은 틀에 짜인 기성세대의 세계에서 벗어나고픈 청소년의 원초적인 욕망이 노출된 것이라 볼 수 있다. 아무 숨김없이 날것 그대로의 욕망을 드러내는 순간에야 비로소 참다운 행복이 무엇인지 알게 될 것이다. '더는 나중이란 말로 안돼'라는 노랫말은 미래를 위해 현재를 희생하지 말고, '나중'이 아닌, '지금'을 즐기라는 의미에 다름 아니다. 또 '남의 꿈에 갇혀 살지 마'라는 노랫말은 기성세대의 편견이나 남의 시선 따위에 개의치 않고 청춘의 자유를 만끽하겠다는, 요즘 청소년들이 우리 사회에 던지는 궁극의 메시지이다.

이 노래가 실린 'O!RUL8,2?'라는 앨범 이름이 특이한데, 암호처럼 보이는 이 앨범의 제목은, 'Oh! Are you late, too?'를 의미한다. "너도 늦었니?" 정도로 해석할 수 있는 이 물음은 이 노래를 듣는 사람들에게 더 늦기 전에 꿈을 좇아야 한다고 호소한다. 나중이 아닌 지금의 꿈을, 남의 꿈이 아닌 자신의 꿈을 찾는 청년들은, 이제 기성세대의 일방적 강요에 언제든지 'NO!'라고 외칠 준비가 되어 있다.

그만하면 되었다. 공 차러 가자

윤동주의 시 〈만돌이〉에는 일상의 학교생활에서 벗어나 작은 일탈을 감행한 귀여운 소년이 등장한다. 그 일탈을 통해 이 시의 주인공 '만돌이'는 작은 행복을 누리게 된다. BTS의 〈N.O〉에서 나중이 아닌, 바로 지금의 행복을 중요시하던 화자의 생각이, 이 시에서는 순수한 아이인 만돌이를 통해 해학적으로 표현되고 있다.

> 만돌이가 학교에서 돌아오다가
>
> 전봇대 있는 데서
>
> 돌짜기 다섯 개를 주웠습니다.

전봇대를 겨누고

돌 첫 개를 뿌렸습니다.

—딱—

두 개째 뿌렸습니다.

—아뿔싸—

세 개째 뿌렸습니다.

—딱—

네 개째 뿌렸습니다.

—아뿔싸—

다섯 개째 뿌렸습니다.

—딱—

다섯 개에 세 개……

그만하면 되었다.

내일 시험

다섯 문제에 세 문제만 하면

손꼽아 구구를 하여봐도

허양 육십 점이다.

볼 거 있나 공 차러 가자.

그 이튿날 만돌이는

꼼짝 못 하고 선생님한테 흰 종이를 바쳤을까요.

그렇잖으면 정말 육십 점을 받았을까요.

– 윤동주, 〈만돌이〉

시험을 하루 앞둔 하굣길에 만돌이는 공부 대신, 자신이 하고 싶은 일을 하기로 한다. 만돌이는 내일 시험에서 좋은 성적을 받는 일 따위에는 별 관심이 없다. 지금은 공을 차고 싶을 뿐이고, 그러므로 지금 자기에게 행복을 줄 수 있는 일은 공부가 아닌 공을 차는 것뿐이다. 아무렴 공부보다는 돌멩이를 주워서 전봇대를 맞추는 놀이가 훨씬 재미있었으리라. 게다가 전봇대에 던진 5개의 돌멩이 중에서 3개나 적중했으니, 내일 시험에도 그 정도의 '운빨'은 있을 것이라는, (비록 비합리적인 생각이지만) 만돌이의 낙천적 사고방식은 행복의 조건이 시험을 잘 보는 것에 있지 않고, 바로 지금을 즐기는 것에 있다는 가치관을 드러낸다. 남이야 100점을 받든 말든, 나는 60점이면 족하다는 생각은 다른 사람이 정한 판단 기준에 개의치 않는, 만돌이의 소신을 보여준다. '볼 거 있나 공 차러 가자'에는, 앞뒤를 재거나 다른 여건을 전혀 고려하지 않는, 오로지 지금 당장의 행복에만 집중하는 만돌이의 천연덕스러움이 엿보인다.

화자는 다음 날 만돌이가 백지 시험지를 제출했을지, 아니면 자기 믿음대로 60점을 맞았을지 궁금해하지만 막상 만돌이는 0점이든, 60점이든 어떤 경우에도 행복했을 것이다. 만돌이에게 '학교'는 남을 짓밟고 올라서서 1등을 차지해야만 하는 경쟁의 공간이 아니라, 함께 공을 차러 갈 친구들을 만나러 가는 친교의 장소이므로.

윤동주가 BTS를 읽고 나서

BTS가 사는 세상의 학교는 정말로 약육강식의 생태계와 다를 바 없군요. 그러니 당연히 행복할 수가 없겠죠. 내가 알고 있는 만돌이는 매일매일 행복하다고 말해요. 비록 학교 공부에는 큰 관심이 없지만, 그 대신 자기가 좋아하는 공차기를 자기 맘대로 실컷 할 수 있으니까요.

참다운 행복을 느끼기 위해서는 남들이 생각하는 대로 똑같이 살아서는 안 돼요. 사람마다 생각이 다르듯이 행복의 조건도 모두 다를 테니까요. 만돌이처럼 지금 하고 싶은 것을 망설이지 말고 당장 하세요. BTS, 당신들도 "정말 지금이 아니면 안 돼."라고 말하고 있잖아요.

엄마가 집에 돌아올 때까지, 하루 종일 엄마를 기다리다

BTS 〈MAMA〉
윤동주 〈햇빛·바람〉

윤동주가 BTS와 만나기 전에

소설 《정글북》의 작가 키플링은 일찍이 "신이 어디에나 함께 하지 못하기 때문에 어머니를 만드셨다."라는 명언을 남겼다. 이 말은 어머니가 얼마나 위대한 존재인지를 한마디로 함축해 보여준다. 또 키플링의 이 말은 한 어머니가 적어도 자기 자식에게만큼은 신처럼 전지전능한 역할을 한다는 것을 의미하기도 한다. 우리가 '어머니'라는 존재에 얼마나 의존하며 살고 있는지를 떠올리면 키플링의 명언에 어렵지 않게 동감할 수 있다. 영유아기에는 어머니의 직접적인 양육을 받고, 청장년기에도 매 순간 어머니라는 심리적 그늘을 쉽사리 벗어날 수 없음은 누구나 동감할 것이다. 힘들고 외로운 순간, 왜 늘 어머니가 떠오를까?

　어머니를 담은 문학 작품은 셀 수 없이 많다. 기억의 흐름대로 몇 작품만 예를 들어보자면, 어머니의 사랑을 마치 슬픈 영화의 한 장면처럼 그려냈던 함민복 시인의 시 〈눈물은 왜 짠가〉가 가장 먼저 떠오른다. 형편상 아들에게 고기는 실컷 못 먹일망정 설렁탕 국물이나마 더 주고 싶은 어머니의 애타는 마음이 그려진 그 시를 읽으며, '우리 엄마도 나를 키우면서 그런 마음이었겠구나.' 하는 가슴 시큰한 감동을 느낀 적이 있다.

　대학에 입학하자마자 접하게 된, 러시아의 문호 고리키의 소설 《어머니》에는 혁명가인 아들을 돕다가 아들보다 위대한 혁명가로 변신하는 용기 있는 어머니가 등장한다. 그리고 바로 그 어머니가 내게 '어머니'라는 존재에 대한 새로운 지평을 열어주었다. 사형을 언도받은 안중근 의사에게 "네가 나라를 위해 이에 이른즉 딴 맘 먹지 말고 죽으라."라고 했던 조마리아 여사의 비장함에 견줄 만한 위대한 어머니의 모습이었다.

　또 마치 내 이야기인 듯, 개인적 경험을 떠올리게 하는 시도 있다. 아주 어렸을 적, 하루 종일 집에서 돈을 벌러 나간 엄마를 기다리던 기억과 겹쳐지는 기형도 시인의 시 〈엄마 걱정〉.

화자는 빈방에서 혼자 열무를 팔러 시장에 간 엄마를 기다리지만 아무리 숙제를 천천히 해도 엄마는 돌아오지 않는다. 어느덧 저녁이 되어 주위는 어둑어둑해지고 엄마를 기다리던 화자는 울음을 터뜨린다. 시의 제목은 '엄마 걱정'이지만 엄마가 돌아오지 않아서 '찬밥처럼' 버려진 화자의 마음이 더 걱정스러워지는 시였다. 돈 벌러 나간 엄마는 어김없이 집으로 돌아온다는 사실을 매일의 경험으로 이미 알고는 있지만, 혹시라도 너무 늦게 올까 봐 노심초사하며 엄마를 기다리는 어린 화자의 애틋한 마음이 가슴 시리게 느껴졌다.

어릴 적 내 곁을 지켜주는 엄마는 그야말로 신적인 존재이다. 어떤 어려움이나 고통도 엄마가 다 해결해 줄 것 같은 그 맹목적 믿음. 오죽하면 우리는 힘들거나 놀랄 때마다 나도 모르게 본능적으로 "엄마야!" 하고 엄마를 찾을까. 윤동주도 그리운 '어머니'의 모습을 놓치지 않았다. 아침 일찍 장터로 간 엄마가 어서 집에 돌아오기를 애타게 기다리는 어린 화자의 이야기를 지금부터 살펴보자.

장에 가신 엄마 돌아오나 문풍지를 쏘옥
장에 가는 엄마의 뒷모습이라도 한 번 더 쳐다봐야만 안심이 된다는 듯 이른 아침 장터로 향하는 엄마를 문풍지 사이로 부끄러운 듯이 몰래 내다보는 화자. 엄마가 어서 귀가하기를 바라며 문틈으로 엄마를 배웅하는데, 문풍지 사이로 아침 햇빛이 비친다. 어느새 해는 저물어가지만, 아무리 기다려봐도 엄마는 좀처럼 오지 않는다. 문풍지 사이로 햇빛이 아닌, 바람만 쓸쓸히 들어올 뿐이다. 아침에는 '햇빛'이 비치고, 저녁에는 '바람'이 분다. 그래서 이 시의 제목인 '햇빛 바람'은 아침부터 저녁까지의 시간을 뜻한다. 아침부터 저녁까지 오로지 엄마가 집에 돌아오기만을 간절히 바랐던 어린아이의 길고 긴 시간을 말이다.

손가락에 침 발라
쏘옥, 쏙, 쏙
장에 가는 엄마 내다보려
문풍지를
쏘옥, 쏙, 쏙

아침에 햇빛이 반짝

손가락에 침 발라

쏘옥, 쏙, 쏙

장에 가신 엄마 돌아오나

문풍지를

쏘옥, 쏙, 쏙

저녁에 바람이 솔솔.

- 윤동주, 〈햇빛·바람〉

엄마는 아이에게 전부라고 할 수 있다. 어린아이들을 아무리 맛있는 것으로 달래보아도, 아무리 재미있는 장난감을 손에 쥐여주어도 엄마가 시야에서 사라지는 순간, 더 이상 그것들은 아이의 관심거리가 되지 못한다. 엄마가 전제되지 않는 그 어떤 것도 아이에게 행복감이나 안도감을 주지 않기 때문이다. 엄마는 아이 곁에 있는 것만으로도 아이를 안심시키는 위대한 존재이다. '문풍지를 쏘옥, 쏙, 쏙' 뚫어가며 엄마를 기다리는 화자의 행위는 불안한 마음을 가누기 위한 궁여지책이자, 엄마가 나타나 주기를 바라는 화자의 간절한 마음이 표현된 것이다.

내게 아낌없이 주셨기에, 버팀목이었기에

엄마밖에 모르던 어린아이가 조금 더 성장하여 '꿈'이라는 것을 가지게 될 나이가 되면, 아이의 꿈을 이루어주기 위한 엄마의 희생이 시작된다. 고리키의 어머니가 그러했듯이, 〈눈물은 왜 짠가〉의 어머니가 그러했듯이, 그리고 이 세상 대부분의 어머니가 그러하듯이. BTS는 2016년, 〈MAMA〉라는 곡을 통해 이러한 엄마에게 감사의 마음을 담아 예찬한다.

"Time travel 2006년의 해, 춤에 미쳐 엄마 허리띠를 졸라맸지". 화자는 '춤에 미쳐' 있던 2006년을 회상하면서 노래를 시작한다. 아버지의 반대에도 불구하고 엄마는 '허리띠를 졸라' 매다 못해 '빚'까지 져가며 화자의 꿈을 홀로 지원해 주었다고 노래한다. 화자는 엄마의 희생을, '꿈의 조각배를 띄워주신' 것이라고 표현하고 있다. 화자의 꿈이 저 멀리 대양을 향해 나아가도록 지원을 아끼지 않은 엄마. 엄마는 화자를 지원하기 위해 '문제의 money'가 필요했다. 엄마는 그 문제의 돈을 벌기 위해 타지로 일하러 가야 했다. 어린 화자는 타지로 나간 엄마가 어서 돌아오기만을 윤동주의 〈햇빛·바람〉의 화자처럼 하루 종일 애타게 기다린다.

기다림에 지칠 대로 지친 화자가 어쩌다 엄마에게 전화라도 한 통 걸을라치면 엄마는 고단함을 숨기고 언제나 '선명하고' '강인'한 목소리를 화자에게 들려주었다. 화자는 그렇게 강인한 엄마의 에너지를 받아 조금씩 성장하고 변화해 갔다.

그대는 영원한 나만의 플라세보

"세상을 느끼게 해준 그대가 만들어준 숨"이라는 노랫말은, 화자의 '숨'을 만들어준 엄마에 대한 경외의 표현이다. 또한 '피와 살이 되어주'었던 엄마의 숭고한 희생을 언급하는데, 이 모든 것은 흡사 피조물로서의 인간을 창조한 신의 자리에 엄마를 대신 올려놓은 듯하다. 요컨대 숨과 피와 살을 엄마가 주었다고 하는 노랫말을 보면, 화자의 삶의 전부를 엄마가 만들어냈다고 해도 과언이 아니겠구나 싶은 생각이 든다. 앞서 이 글의 말머리에서 인용하였던 바, 이 세상의 어머니들이 신의 역할을 하고 있다는 키플링의 말이 자연스레 연상되는 지점이다.

우리가 어릴 적에 두통이나 복통을 호소하면 엄마는 언제나 '엄마 손은 약손'이라며 아픈 머리를, 또 아픈 배를 살살 문질러주곤 했다. 실제로 효과는 없었을지 모르지만, 그것은 가짜 약으로도 환자의 고통을 덜어주고 심리적 안정감을 주는 '플라세보 효과(placebo effect)' 같은 것이다. BTS는 "오직 하나 엄마 손이 약손 그대는 영원한 나만의 플라세보"라고 노래하며 엄마라는 존재가 가져다준, 마법 같은 순간들을 떠올린다.

원래 플라세보라는 말은 라틴어로서 '만족시키다', '즐겁게 하다'라는 뜻을 가진 말이었다. 그래서 화자가 엄마에게 '그대는 영원한 나만의 플라세보'라고 노래하는 부분은, 엄마가 나의 고통을 덜어주었을 뿐만 아니라, 엄마가 나를 행복하게 해주고 즐겁게 해주는 존재라는 의미로 확장된다. BTS는 의도적으로 〈어버이 은혜〉의 노랫말 일부를 중간중간에 삽입하고 있는데, 아마도 엄마의 희생에 대한 미안함과 고마움을 표현하기 위한 일종의 클리셰적 장치이리라. 그리고 '아낌없이' 주고 화자에게 '버팀목'이 되어준 엄마에게 이제는 '내게 기대도 돼'라고 노래하는 부분은 '반포지효(反哺之孝)'라는 사자성어를 떠올리게 한다. 오늘따라 엄마의 품이 그립다는 화자는 어느새 엄마의 곁에서 믿음직한 아들이 되어 있다.

운동주가 BTS를 읽고 나서

'햇빛' 비치는 아침부터 '바람' 부는 저녁까지 장터에 간 어머니를 기다렸습니다. 누구에게나 그렇듯이 어머니라는 존재는 제 마음의 안식처였지요. 그래서 저는 오늘도 마음속으로 어머니를 기다립니다.

BTS의 어머니는 당신을 위해 일터에 나가시고 당신의 꿈을 지원해 주셨습니다. 씁쓸하게도 세상의 어머니는 모두 자식만을 위해 산다고 합니다. 당신이 노래로 칭송한 '어머니 은혜'는 당신의 어머니에게 작은 위안이 되었을 겁니다.

3부

나한테
주어진 길을
걸어가야겠다

프로메테우스와 호빵맨의 공통점은 무엇일까?

BTS 〈Anpanman〉

윤동주 〈간〉

윤동주가 BTS와 만나기 전에

BTS는 2018년, 〈Anpanman(앙팡맨)〉이라는 노래를 발표했다. '-맨'이 접미사로 붙어 있는 수많은 히어로 캐릭터 중에 이런 '맨'도 있었나 싶은 왠지 낯선 그 이름. CF에서 흔하게 보던 유제품 브랜드 이름인가 싶기도 한, '앙팡맨'은 그동안 우리가 익히 알고 있었던 '호빵맨'을 의미한다. 그렇다, 악당 세균맨과 맞서 싸우던 그 호빵맨 말이다. 캐릭터의 태생이 일본 만화였으니, BTS는 일본식 원어 발음을 노랫말에 그대로 살려둔 것일 뿐이다. 이제 기억을 더듬고 추억을 되살려 호빵맨이 어떤 캐릭터였는지 이야기해 보자.

호빵맨의 단골 대사로 유명한 "자, 내 머리를 먹어". 본래 빵이었던 그는 자신의 얼굴을 뜯어서 배고픈 사람을 구하는 캐릭터이다. 고통을 감수하고 자신의 얼굴을 뜯기고 나면 또다시 빵으로 된 살이 돋아나고 이것을 또 다른 사람에게 나누어 주는 호빵맨. 사람들의 행복만을 기원하며 무한한 희생을 반복하는 호빵맨의 모습은 엽기적이라는 소수의 비판에도 불구하고 어떤 면에서 숭고하게까지 느껴지곤 한다. 기술이 발전하고 대부분의 세계가 서로 연결된 오늘날까지도 먹고사는 문제만큼 절실한 문제는 없다. 2020년 노벨평화상이 세계적인 기아에 꾸준히 대응해 온 UN 산하의 '세계식량계획'에 돌아간 것만 봐도 배곯는 사람을 돌보는 일이야말로 이 세상 그 어떤 봉사와 희생보다도 숭고한 일이라는 것은 자명하다.

세상의 모든 먹거리를 지키고 배고픈 사람을 구하는 호빵맨. 사람들을 도와주고 구해주니, 아이언맨과 같은 슈퍼히어로인가 하면 꼭 그렇지만도 않다. 배고픈 사람을 찾아가는 데 도움이 되는, 하늘을 나는 능력을 빼고 나면 별다른 능력이 없는, 오히려 연약하고 약점이 많은 실수투성이 캐릭터이다. 가령 호빵맨은 물이나 습기, 곰팡이에 약할 뿐만 아니라, 번번이 위기에 빠진다. 천하무적 슈퍼히어로와는 어째 영 거리가 먼 것 같지 않은가.

호빵맨은 초능력을 가진 막강 히어로가 아니라, 사명감과 희생정신으로 무장한 소박한 캐릭터이다. 〈날아라 호빵맨〉 애니메이션에서는 수많은 캐릭터가 등장하고, 그들이 음식을 먹는 장면도 종종 등장한다. 하지만 호빵맨만큼은 단 한 번도 음식 먹는 장면이 나오지 않는다. 아마도 자신은 굶더라도 다른 사람을 배불리 먹이겠다는, 호빵맨의 사명감과 희생정신을 극대화해 보여주려는 설정이 아닐까?

다시 넘어지겠지만, 또다시 실수하겠지만

BTS는 〈Anpanman〉에서 자신들을 호빵맨에 빗대어 노래한다. 강하지 않아도 영웅이 될 수 있다고 하면서 기존의 영웅상을 뒤엎는 새로운 영웅상을 제시한다.

내겐 없지 알통이나 갑바

내겐 없지 super car like Batman

되게 멋진 영웅이 내 낭만

But 줄 수 있는 건 오직 Anpan

꿈꿔 왔네 hero like Superman

힘껏 뛰었네 하늘 높이 방방

무릎팍 까지는 것 따윈 두렵지 않아

순수한 내 어릴 적의 망상

I'm not a superhero

많은 것을 바라지마

I can be your hero

이런 말이 가당키나

한 일인지 모르겠어 정말

근데 꼭 해야겠어요 엄마

내가 아니면 누가 할까

You can call me say Anpan

- BTS, 〈Anpanman〉에서

　힘의 상징인 알통이나 근육도 없고, 슈퍼히어로가 흔히 소
유하는 특별한 아이템도 없지만 화자는 어려서부터 슈퍼맨이
나 배트맨처럼 멋진 영웅을 꿈꿔왔다고 노래한다. 무릎팍이
까지는 것도 두렵지 않고, 하늘 높이 힘껏 뛰어오르기 위해 나
름대로 노력도 많이 했던 모양이다. 그런데 돌이켜보니 그것

은 "순수한 내 어릴 적의 망상"이었다는 것이다. 화자는 슈퍼히어로가 될 수 없다는 현실을 직시한 후, 가당치도 않은 슈퍼히어로의 길은 갈 수 없어도 하고 싶은 일이 있으니 그것만은 꼭 해야겠다고 엄마에게 선언한다. 슈퍼히어로들이 갖고 있는 초능력 같은 건 없지만, 오로지 BTS 자신들의 음악과 무대로 세상 사람들에게 희망을 주고 싶다는 바람이 바로 그 선언으로 이어졌던 것이리라.

마치 호빵맨이 자신의 '얼굴빵'으로 배고픈 사람에게 희망을 주듯, BTS는 그렇게 슈퍼히어로인 척하지 않고, 약점투성이일망정 호빵맨처럼 사명감을 가지고 오직 당신만을 위해 진실되게 노래하는 '작은 영웅'이 되겠다고 다짐한다. 그래서 노랫말 속에 "꼭 해야겠어요." "내가 아니면 누가 할까."라는 사명감과 자신감 넘치는 표현이 나오게 된다. 그러나 슈퍼히어로는 차치하고 누군가에게 작은 영웅이 된다는 것조차 결코 쉬운 일은 아니다.

솔직하게
무서워 넘어지는 게
너희들을 실망시키는 게

그래도 내 온 힘을 다해서라도

나 꼭 너의 곁에 있을게

다시 넘어지겠지만

또다시 실수하겠지만

또 진흙투성이겠지만

나를 믿어 나는 hero니까

- 〈Anpanman〉에서

누군가에게 영웅이 된다는 것은 상대방의 기대를 어깨에 짊어지는 일과 다름없기에 어렵고 힘든 일일 수밖에 없다. 남을 위해 희생해 본 적이 없는 이는 누군가를 실망시키거나 혹시나 넘어져 다치는 일을 두려워하기 마련이다. BTS는 넘어질 것을 각오하고, 실수를 각오하고, 설령 '진흙투성이'가 된다고 하더라도 자신을 믿어달라고 노래한다. 여기서 실수를 반복하는 허점투성이 호빵맨의 모습이 투영된다. 당장에는 희생이 따르겠지만 그것이 누군가에게 행복과 믿음을 주는 일이라면 기꺼이 이들의 히어로가 되겠다 다짐하는 BTS. 그 다짐의 순간, BTS는 호빵맨의 숭고한 길을 함께 걷게 된다.

I'm a new generation Anpanman

I'm a new superhero Anpanman

내가 가진 건 이 노래 한 방

- 〈Anpanman〉에서

다른 슈퍼히어로들은 갖지 못한 강력한 무기, '노래 한 방'을 장착하고 온 세상을 누비는, 아직 성장할 날이 많이 남아 있는, 지금은 허점투성이인 젊은 청년의 모습. 이것이 이 시대가 요구하는 새로운 영웅의 모습이 아닐까?

와서 뜯어 먹어라, 시름없이

윤동주의 시에서도 호빵맨의 태도와 가치관을 찾아볼 수 있다. 윤동주 자신도 BTS처럼 사명감 넘치는 '호빵맨'이 되고 싶어 했다. 지금부터 살펴볼 윤동주의 시 〈간〉은 그가 1941년에 지은 시이다. 이 해에 윤동주는 자신의 시 19편을 묶어서 시집을 출판하려 했으나, 일제의 검열에 걸릴 것을 염려한 주변 사람들의 만류로 출판이 좌절되고 만다. BTS의 노래 〈Anpanman〉에서처럼 윤동주 역시 넘어지고 상처 입고 고통받는 상황에서 스스로를 달래며 〈간〉을 집필한다.

〈간〉에는 용궁에서 겨우 빠져나와 자신의 '간'을 지키는 토끼와, 코카서스에서 영원한 형벌을 받고 있는 프로메테우스가 등장한다. 간은 노래의 화자가 지키고 싶은 양심이나 신념, 인간의 존엄성 등을 상징한다. 잠시 용궁의 유혹에 빠졌던 토끼는 정신을 차리고 자신의 간을 지키겠다고 다짐한다. 그렇다면 간을 쪼이는 형벌을 감내하고 있는 '프로메테우스'의 정체는 무엇일까?

바닷가 햇빛 바른 바위 위에
습한 간을 펴서 말리우자,

코카서스 산중에서 도망해 온 토끼처럼
둘러리를 빙빙 돌며 간을 지키자.

내가 오래 기르는 여윈 독수리야!
와서 뜯어 먹어라, 시름없이

너는 살찌고
나는 여위어야지, 그러나,

거북이야!
다시는 용궁의 유혹에 안 떨어진다.

프로메테우스 불쌍한 프로메테우스
불 도적한 죄로 목에 맷돌을 달고
끝없이 침전하는 프로메테우스.

- 윤동주, 〈간〉

그리스 신화에서 프로메테우스는 인간을 사랑한 신으로 등장한다. 제우스의 뜻을 거스르면서까지 인간에게 불을 전해준 것으로 유명한 프로메테우스. 결국 제우스는 프로메테우스를 코카서스 산의 바위에 쇠사슬로 묶어놓고 독수리를 보내 간을 쪼아 먹게 한다. 하지만 독수리에게 쪼인 간은 이내 재생되고, 간을 쪼이는 형벌과 고통이 영원히 반복되기에 이른다. 프로메테우스가 제우스의 말에 복종만 했더라면 그렇게 끔찍한 형벌은 면할 수도 있었을 것이다. 그러나 프로메테우스는 제우스가 자신의 미래를 알려달라 부탁해도 끝까지 저항하며 알려주지 않았다. 이 일로 프로메테우스는 제우스의 미움을 사게 되고, 형벌을 피할 수 없게 된다.

프로메테우스가 '목에 맷돌을 달고 끝없이 침전하는' 모습은 인류를 위해 자신을 희생하면서 낮은 곳으로 임하는 모습에 다름 아니다. 프로메테우스는 제우스처럼 압도적인 힘은 없을 지언정 신들이 군림하는 세상에서 유일하게 인간을 위해 희생한 '인간'의 영웅이었다. 윤동주는 이 시를 통해 '용궁의 유혹'을 극복한 토끼처럼 자신의 양심을 지키고, 프로메테우스처럼 조국과 민족을 위해 희생하겠다는 비장한 각오를 다진다.

〈Anpanman〉에서 배고픈 인간을 위해 얼굴을 끝없이 뜯기는 호빵맨의 상황과 인간을 위해 신의 불을 몰래 훔쳐 인간 세상에 선물하고, 자신의 간을 영원히 쪼이는 프로메테우스의 처지는 사뭇 닮아 보인다. 두 캐릭터가 모두 인간을 위해 희생을 감내하고 있다는 점에서 그렇다. 철학자 니체는 일찍이 "나를 죽이지 못하는 고통은 나를 더 강하게 만든다."라고 말한 바 있다. 호빵맨과 프로메테우스 모두 죽음보다 더 큰 고통을 감내했고, 그 고통은 결국 그들을 더욱 강하게 만들었다. 그래서 세균맨이나 제우스도 감히 그들을 제압할 수 없었던 것이다.

윤동주가 BTS를 읽고 나서

자신의 얼굴을 뜯어 배고픈 사람들을 도와주는 호빵맨의 희생적인 행위. 저는 그 행위를 〈간〉이라는 작품에서 인간을 위해 불을 건네주고 간을 쪼이는 프로메테우스의 모습에 빗대어 표현했습니다. 제가 이 작품을 통해 프로메테우스처럼 조국과 민족을 위해 고통을 감수하고 희생하겠다 다짐했듯, BTS 역시 마찬가지인 듯 보이는군요. BTS도 〈Anpanman〉이라는 노래를 통해, 아직은 실수와 허점투성이이지만 호빵맨처럼 사람들을 위해 온 힘을 다해서 노래하는 '새로운 영웅'이 되겠다고 다짐하고 있는 것이겠지요?

오랫동안 정들었던 곳을 등지고
과감히 떠나야만 하는 까닭은?

BTS 〈이사〉

윤동주 〈또 다른 고향〉

윤동주가 BTS와 만나기 전에

지금 이 글을 읽는 독자는 태어나서 몇 번이나 이사를 해보았을까? '이사'라는 이벤트는 일상이 이루어지는 생활의 근거지를 통째로 옮기는 일이기에 인생의 중요한 분기점이 된다. 사람이 살아가다 보면 이사를 해야 할 저마다의 이유가 생긴다. 명백한 의도를 가지고 이뤄진 역사상 가장 유명한 이사를 꼽아보자면, 맹자의 어머니가 아들의 교육 환경을 중시해 세 번이나 이사를 했다는 '맹모삼천지교'를 들 수 있겠다. 자녀에게 좋은 교육 환경을 제공하기 위해 잦은 이사도 마다하지 않았던 맹자 어머니의 열의를, 우리나라 어머니들이 가장 잘 이

어받은 듯 느껴진다는 점은 아이러니하기도 하다. 현대인들은 학군이 좋은 곳 이외에도 교통이 좋은 역세권, 공기 좋은 숲이 있는 숲세권 등을 주로 따지지만, 조선의 실학자 이중환은《택리지》에서 사람이 살기 좋은 땅의 조건으로 특이하게도 '인심'을 꼽았다. 그렇다면 당신은 어떤 곳으로 이사하고 싶고, 어떤 경우에 이사하고 싶어지는가?

이사는 우리나라 헌법에서 '거주 이전의 자유'라는 이름으로 가장 기본적인 개인의 권리로 보장하고 있다. 그럼에도 불구하고 어쩔 수 없이 이사를 '당하게' 되는 '비자발적'인 이사가 행해질 때가 있다. 자신의 의사와 상관없이 강제로 쫓겨나는 경우가 대표적인 사례이다. 거주지가 재개발 지역으로 지정되었으나 경제적 형편이 어려워 외곽으로 강제 이주를 하게되는 경우가 그렇고, 외부인의 유입으로 주거지 주변이 활성화되어 땅값이나 임대료가 상승하면서 외부인이 원주민을 밖으로 밀어내는 젠트리피케이션 같은 경우 역시 마찬가지이다. 이런 비자발적인 이사는 크고 작은 방식으로 사회적인 문제를 일으키곤 한다.

반면에 자발적인 이사는 삶의 질이 한 단계 격상되는 경우에 많이 이루어진다. 가령 집안의 형편이 좋아져서 집을 넓혀가는 이사가 그렇고, 새로 취직을 하거나 직장을 옮기게 되어 일터 근처로 이사를 하는 경우가 그렇다. 이런 종류의 이사는 신나고 밝은 미래를 기대하게 하는, 기분 좋은 이사에 속한다.

BTS와 윤동주는 자신들이 살던 곳에 안주하지 않고, 자발적으로 새로운 곳을 찾아 과감히 떠나려 했다. 왜 떠나려고 했는지, 그들이 향한 곳은 어떤 곳인지 지금부터 그들의 노래를 통해 살펴보도록 하자.

이사 가자. 이제 더 높은 곳으로

BTS의 한 멤버가 자신의 어렸을 적 이사 경험을 떠올리며 만든 노래가 있다. 바로 〈이사〉라는 제목의 노래인데, 이 곡에서는 흥미롭게도 자신의 첫 이사를 '엄마의 뱃속에서' 세상으로 나온 날이라고 소개한다. 세상에 태어나서 겪은 수많은 이사보다 훨씬 더 중요하고 의미 있는 일이 바로 이 세상에 '탄생'한 일일 터인데 그것을 이사라고 표현한 부분이 참 재미있는 발상이라는 생각이 든다. 하지만 그 '이사의 대가'가 '엄마 심장의 기계와 광활한 흉터였'다고 노래하는 부분에서 화자의 엄마가 화자를 낳으며 심장병으로 큰 수술을 받았을 것임을 짐작게 한다. 아무래도 화자의 첫 이사는 순탄치 않았으리라.

그리고 화자가 기억하는 두 번째 이사는 어느 해 겨울, 자신의 고향인 대구를 떠나 아이돌 가수가 되기 위해 서울로 올라온 때였다고 노래한다. 사람들은 화자에게 '욕 바가지'를 퍼부으며 돈을 따라 서울로 올라가는 속물이라고 손가락질을 했다. 큰 꿈을 품고 이사하는 화자를 향해 어느 누구도 응원해 주지 않았고, 그가 성공하리라는 것을 아무도 믿어주지 않았던 시절이었던 듯싶다.

서울로 이사 와서 '참 짧고도 길었'던 '3년의 삶'이 지나가고 혹독한 연습 끝에 아이돌로서 서서히 자리를 잡아가는 화자. 서울로 이사 와서 3년 동안의 힘든 시절을 거쳐 빈방에서 시작했을 화자의 살림살이는 이제 점점 나아져서 '내 스스로 가진 것'도 늘어나 부족하지 않은 생활을 하게 된다. 화자는 대구에서 이사할 때 꿈꾸었던 대로 유명한 가수로 무대에 설 만큼 성장했다. 하지만 화자는 여기서 멈추지 않고 '더 큰 세상 큰 꿈'을 바라보며 또 다른 이사를 하려고 한다. 막상 떠나려니 여기까지 오는 데 '고운 정 미운 정'이 쌓인 방에서 갖가지 추억이 떠오른다. 하지만 결코 안주하지 않고 '새 출발 새 시작'을 하겠다고 다짐한다. 그래서 '이젠 자부심을 딱 들고 더 큰 세상'을 향한 큰 꿈을 바라보겠다고 노래한다.

아이돌에서 한 단계 위로

화자는 이 노래를 통해 '이사는 내게 참 많은 걸 남겼'고, 이사가 '좋든 싫든 내 삶 속에서 많은 걸 바꿨'다고 말한다. 요컨대 화자에게 '이사'는 '한 단계 위로' 향하는 통로이자 수단인 것이다. 그렇기에 화자는 '다시 이사 가려고' 한다. 이미 대중 가수로 확고한 자리를 차지했음에도 '아이돌에서 한 단계 위로' 또 다른 꿈이 있다고 믿기 때문이다.

화자는 '월세'를 내듯 하루하루를 의무감처럼 어딘가에 얽매여 살면서 '자존심'이 자신의 인생에 대한 보증금 같은 것이라고 노래한다. 자존심이 자신의 인생을 모두 담보할 만큼 중요하다는 화자, 그런 그가 현재의 자리에 안주하지 않고 더 높은 곳으로 가려는 것은, 바로 자신의 인생을 책임지라는 내 안의 '자존심' 때문이다. 아이돌로서의 삶에만 머무르는 것은 내 카랑카랑한 자존심이 허락지 않으니, '정들었던 이곳'과 과감히 이별하고 '더 높은 곳'으로 가겠다는 것이다. 마지막 짐을 들고, '텅 빈 방'을 잠시 돌아보며 안녕을 고하는 화자는 '울고 웃던 시간들'을 떠올리며 잠시 아름다운 추억에 젖어보지만, 이내 비장한 각오로 이삿짐을 단단히 어깨에 추스르고 집 밖을 나선다.

　화자는 이사를 통해 연습생으로서의 고된 3년을 보낸 후 어엿한 아이돌로 성장했고, 또 한 번의 이사를 통해 더 큰 꿈을 이루는 사람으로 도약하려 한다. 이 노래의 화자에게 이사란 단순히 '짐'을 옮기는 행위가 아니다. 자신의 '꿈'을 옮기는, 일종의 의식 같은 것이다. 이렇게 비장한 의식을 치른 화자가 이사 후에 이루고 싶은 큰 꿈은 무엇일까? 우리는 이미 BTS가 보여주고 있는 전 지구적 행보에서 그들이 꾸었던 꿈의 정체를 매일매일 확인하며 살고 있다.

아름다운 또 다른 고향에 가자

북간도에서 태어난 윤동주는 서울에서 유학 생활을 보내다가 잠시 고향에 돌아온다. 하지만 돌아온 고향은 더 이상 유년 시절의 행복했던 그곳이 아니다. 어느 날 밤 빈방에 가만히 누워 자신의 처지를 생각하다가, 불현듯 자신의 또 다른 자아를 발견하고 앞으로 자신이 어떻게 살아야 하는지 깨닫는 시간을 가지게 된다.

　고향에 돌아온 날 밤에

　내 백골이 따라와 한방에 누웠다.

어두운 방은 우주로 통하고
하늘에선가 소리처럼 바람이 불어온다.

어둠 속에 곱게 풍화작용하는
백골을 들여다보며
눈물짓는 것이 내가 우는 것이냐
백골이 우는 것이냐
아름다운 혼이 우는 것이냐

지조 높은 개는
밤을 새워 어둠을 짖는다.

어둠을 짖는 개는
나를 쫓는 것일 게다.

가자 가자
쫓기우는 사람처럼 가자

백골 몰래

아름다운 또 다른 고향에 가자.

- 윤동주, 〈또 다른 고향〉

　고향에 돌아온 화자의 뒤로 '백골'이 따라와 누웠다고 하는데, '백골'은 화자의 분열된, 또 다른 자아를 상징한다. 이때 누워 있던 화자를 각성시키듯 하늘에서 바람이 불어온다. '백골을 들여다보며 눈물짓는 것'은 갈등하고 있는 화자의 모습일 텐데, 이즈음에서 화자의 자아가 셋으로 분열되어 나뉘어 있음을 알 수 있다. '백골'과 '나' 그리고 '아름다운 혼', 이렇게 셋으로 말이다.

　'나'는 가엾은 '백골'을 쳐다보며 앞으로 '아름다운 혼'이 되기를 갈망한다. 그렇게 되기 위해서는 지금 누워 있는 고향을 벗어나 '아름다운 또 다른 고향에 가'야 함을 깨닫는다. 어둠 속에 누워 있던 화자를 일깨운 것은, 처음에는 하늘에서 불어온 바람이었고, '지조 높은 개'와 '어둠을 짖는 개'가 그 뒤를 이어 화자를 각성케 한다. BTS의 〈이사〉에서 '인생의 보증금'이라고까지 여겼던 '자존심'이 화자를 더 높은 곳으로 이끌듯, 어둠을 쫓는 듯한 개의 짖음은 화자를 고향에 안주하지 못하도록 각성케 한다. '아름다운 혼'이 지향하는 곳이자, '또 다른 고향'으로 표상되는 이상적 세계로 나아가도록 화자를 독촉한다. 윤동주는 이즈음 그동안 안주하던 고향에서 벗어나 조국을 위해 무슨 일이든지 해야겠다는 각오를 다졌는지도 모른다. 어쨌든 그렇게 결심이 서자, 현실의 갈등과 어둠이 없는 그곳으로 '쫓기우는 사람'처럼 서둘러 가자고 노래하는데, 그만큼 화자는 갑갑하고 어두운 현실을 벗어나고 싶었던 게 아닐까.

또 BTS의 〈이사〉에서 보잘것없는 존재라 손가락질을 받으며 서울로 향하던 화자의 모습이 〈또 다른 고향〉의 '백골'에 대응하는 지점도 흥미롭다. 화자가 고향을 떠나 '아름다운 혼'이 지향하는 곳으로 가는 모습은, 〈이사〉에서 큰 꿈을 이루기 위해 또 다른 곳으로 이사를 결심하는 화자의 모습과 겹쳐진다.

한군데 안주하며 머물러서는 더 높은 꿈을 이룰 수 없고, 현실의 고통에서 벗어날 수도 없다. BTS가 중요한 시기마다 더 큰 꿈을 위해 이사를 결심했듯, 윤동주는 고향을 등지고 '또 다른 고향'을 찾아 떠나려고 한다. 설령 그곳이 안주와 나태가 허락되지 않는 곳이라 할지라도, 모름지기 한 단계 더 도약하기 위해서는 더 큰 꿈을 품어야 한다.

윤동주가 BTS를 읽고 나서

어둠 속에서 짖는 개가 어두운 방에 누워 있던 나로 하여금 정신을 바짝 차리게 했습니다. 백골처럼 야위어가던 내 영혼이 마냥 눈물만 짓게 방치할 수는 없었습니다. 그래서 비록 지금은 어둠 속에 있더라도 '아름다운 혼'이 갈망하는 '또 다른 고향'에 가야겠다고 다짐하게 되었습니다.

BTS, 당신들도 현재의 삶에 안주하지 않고 더 큰 세상으로 나아가기 위해 더 큰 꿈을 꾸고 있습니다. 당신의 꼬장꼬장한 '자존심'이 현실에 만족하지 않도록 끊임없이 채찍질을 하지요? 제가 '또 다른 고향'에 가자고 하듯, 당신들도 또 다른 곳을 찾아 떠나는 점이 인상적입니다. 부디 좋은 데로 이사 가서 당신들의 꿈을 이룰 수 있길 바라요.

나만의 외로운 속삭임은
언젠가 바다에 이르러 폭탄처럼 터질지니

BTS 〈Whalien 52〉

윤동주 〈산골물〉

윤동주가 BTS와 만나기 전에

고래는 특유의 신비스러움과 웅장함을 무기로 수많은 문학 작품 속에서 대중의 관심과 이목을 집중시키는 동물이었다. 고래를 떠올리면 바로 생각나는 작품, 멜빌의 장편소설 《모비딕》에서 에이해브가 연약한 인간이 감히 범접할 수 없는 거대한 존재인 고래에 맞선 이래로, 수많은 이야기와 노래 속에서 고래는 특유의 상징성을 뽐내며 신비로운 이야기를 만들어냈다. 영화 〈프리윌리〉에서 자유를 찾아 바다로 향하는 범고래의 마지막 장면은 감동적이었고, 이안 감독의 영화 〈라이프 오브 파이〉에서 끝없이 펼쳐진 수평선에서 빛을 내며 창공으로

솟구쳤던 고래는 신비함을 넘어 황홀함마저 자아내었다.

고래라는 존재가 영화나 이야기 속에서만 관심의 대상이었던 것은 아니다. 현실 속에서도 고래는 인류가 오랫동안 포획하고 싶어 한 가장 매력적인 사냥감이었다. 태곳적, 신석기의 한반도에서도 이미 고래 사냥이 이루어지고 있었음을 울산 태화강 바위 언덕에 새겨진 암각화가 증명하고 있으니, 고래는 동서고금을 막론하고 인류의 동경의 대상이었던 것이다. 7000년 전에 한반도에 거주하던 원시인은 도대체 어떤 이유로 고래를 바위에 새긴 것일까? 그 당시의 수렵 기술로 그들에게 상당히 유용한 자원이었을 고래를 잡아내기란 여간 어려운 일이 아니었을 것이다. 그렇기에 그토록 거대한 고래를, 연약한 인간이 잡아내고야 말겠다는 극적인 소망을 마치 부적처럼 그림 속에 표현했던 것은 아닐까?

대답 없는 이 노래가 내일에 닿을 때까지

한편 BTS는 종래에 한 번도 다루어지지 않은, 색다른 의미의 고래를 〈Whalien 52〉라는 노래를 통해 그려낸다. 이 노래에 등장하는 고래는 '아무리' 소리쳐도 '아무도' 그 소리를 들어주지 않아 사무치도록 외로운 처지에 놓여 있다. 의사소통 불능

상태에 빠져 있는 고래. 이 노래를 통해 BTS는 고래가 가지는 또 다른 상징을 새로이 창조해 낸다.

〈Whalien 52〉에는 '외롭게 말을' 하는 고래가 등장한다. 이 고래는 아무리 소리쳐도 아무에게도 닿지 않는다고 한탄한다. 아무리 소리쳐도 들어주는 사람이 없어 때로는 '조용히 입 다무'는 고래가 이 노래의 주인공이다.

고래는 일반적으로 12~25헤르츠의 주파수 대역에서 서로 소리(신호)를 주고받으며 의사소통을 한다. 그런데 1989년, 미국에서 잠수함을 탐지할 목적으로 만든 수중 장치에서 52헤르츠의 주파수대를 사용하는 고래 소리가 우연히 포착되었다. 북태평양 일대에 거주하는 것으로 추정되는 이 고래는 너무나도 다른 주파수대를 지닌 까닭에 다른 고래들과는 의사소통이 불가능하다. 그래서 이 고래에게는 '세상에서 가장 외로운 고래'라는 별명이 붙게 된다. 하지만 이 고래는 그 이후로 소리만 수차례 포착되었을 뿐 아직 실체가 확인되지 않고 있다.

혼자만이 다른 주파수대를 사용하고 있는 이 '외로운 고래'가 바로 이 노래의 주인공이다. 이 노래의 제목인 '웨일리언(Whelien) 52'는 '고래(Whale)'와 '이방인(Alien)', 그리고 고유의 주파수대인 '52'를 순서대로 합성한 단어로서 다른 고래와 의

사소통 방법이 너무나도 달라서 외롭게 혼자 노래하는 '이방인 고래'를 일컫는다. 이 고래는 어느새 이 노래의 화자가 되어 이렇게 읊조린다. "대답 없는 이 노래가 내일에 닿을 때까지…… 오늘도 다시 노래하지".

세상은 절대로 몰라, 내가 얼마나 슬픈지를

BTS의 한 멤버가 콘서트를 앞둔 기자 회견에서 이 노래가 자신들의 처지를 빗댄 것이라서 애착이 가는 곡이라고 직접 밝혔듯이, 저마다의 이유로 소통의 단절을 겪고 있는 현대인이라면 누구나 이 노래를 자기 이야기라고 느낄 수밖에 없지 않을까.

세상 사람들의 무관심 속에서 현대인들은, 누군가 자신의 존재를 알아주기를 간절히 바라면서 살아간다. 매일 내 가치를 널리 알리기 위해 온갖 노력을 하지만, '세상은 절대로 모른다. 내가 얼마나 슬픈지를'.

더구나 자칫 타인과 주파수가 맞지 않노라면 불통의 고통까지 감내해야만 한다. 고래는 수면 위로 부상해 잠시 숨을 돌리는 그 짧은 순간에만 관심의 대상이 될 뿐, 깊은 바닷속에 머물 때는 줄곧 관심 밖으로 밀려날 수밖에 없다. 이 노래에 등장하는 외로운 고래는 바로 현대사회에서 소외된 채 살아가고 있는 우리 모두의 모습은 아닐까?

노랫말 속 고래는 자신이 외롭다는 것을 부정하지 않고, 외로움을 솔직하게 고백한다. 당장은 아무도 듣지 않을지언정 이 노래가 무전처럼 퍼져나가 내일은 '지구 반대편까지' 닿아서, '눈먼 고래들조차' 자신의 노래를 들을 수 있는 날이 오기를 고대하며 외로운 고래, '이방인 고래 52'는 푸른 바다를 향해 노래한다. 자신의 희망찬 미래를 믿기에 자신만의 외로운 주파수를 포기하지 않고, 내일을 향한 힘찬 노래를 오늘도 부른다.

이 밤을 더불어 말할 이 없도다

윤동주의 〈산골물〉에도 '이방인 고래'처럼 그 누구와도 쉽사리 소통하지 못해 괴로워하는 화자가 등장한다.

괴로운 사람아 괴로운 사람아

옷자락 물결 속에서도

가슴속 깊이 돌돌 샘물이 흘러

이 밤을 더불어 말할 이 없도다.

거리의 소음과 노래 부를 수 없도다.

그신 듯이 냇가에 앉았으니

사랑과 일을 거리에 맡기고

가만히 가만히

바다로 가자. 바다로 가자.

- 윤동주, 〈산골물〉

윤동주의 〈산골물〉을 보면, 가슴속 깊은 곳에서 하고 싶은 말이 샘물처럼 흘러넘치는 데도 '이 밤을 더불어 말할 이'를 찾을 수 없어 괴로워하는 화자가 등장한다. 컴컴한 밤이 찾아오자, 화자는 밤의 두려움과 마음속 걱정을 누군가와 함께 나누고 싶어진다. 또 어두운 밤을 이겨낼 방법을 함께 찾아보고 싶기도 하다. 하지만 그의 곁에는 마음속 이야기를 더불어 나눌, 단 한 사람의 말벗조차 존재하지 않는다. 마치 BTS의 '이방인 고래'가 지닌 고유한 주파수처럼 가슴속에는 샘물이 '돌돌' 소리를 내며 흐르지만, 이 샘물 소리를 들어줄 사람은 아무도 없다.

화자는 바닷속 '이방인 고래'처럼 희망의 노래, 연대의 노래를 부르고 싶어 한다. 하지만 수많은 사람들이 모여 있는 '거리'에서 들려오는 소리는 (주파수대가 일치하지 않아서인지) 화자에게는 그저 '소음'으로 들릴 뿐이다. 화자는 그 소음에서는 소통 불능의 상황을 느낄 뿐 어떤 의미도 찾아낼 수가 없다. 이 시가 창작된 1939년에는 일제에 의해 이른바 창씨개명이 공포(公布)된다. 우리말을 빼앗기고, 이름도 빼앗기고, 좋아하던 시를 쓸 의욕마저 빼앗겨버린 상황. 그런 상황에서 그는 세상의 모든 소리가 '거리의 소음'처럼 들렸을 것이다. '거리의 소음'으로는 화자가 원하는 노래가 만들어질 리 만무하다.

소음이 난무하는 거리에서 노래를 부를 수 없으니 제대로 된 노래를 부르기 위해 화자는 '냇가에 그림처럼 앉아 산골을 흐르는 물줄기를 쳐다보며' 사랑하는 일상의 것들을 모두 거리에 던져버리기로 결심한다. 그가 의사소통하고 연대할 수 있는 사람을 찾아, 산골을 벗어나 '바다로, 바다로' 흘러가는 '산골물'처럼 그렇게 흘러가야겠다고 다짐하는 것이다. 이렇듯 이 시에는 당면한 시대의 고통과 아픔을 극복하고 새로운 세계로 나아가고자 하는, 화자의 의지와 열망이 담겨 있다. 화자는 산골짝의 작은 물줄기가 굽이굽이 산과 강을 돌아 마침내 거대한 바다에 이르게 되는 그 순간을 간절히 소망한다.

Louder than bombs I sing

너와 내게 약속해

어떤 파도가 덮쳐도

우린 끝없이 널 향해 노래할 거라고

Louder than bombs I sing

- BTS, 〈Louder than bombs〉에서

BTS는 '외로운' 고래와, '바다로 가'는 '산골물'이 이렇게 노래할 수 있는 날이 오기를 바라면서 이 노래를 부르지 않을까? 지금은 누구도 알아듣지 못하는 '주파수'이고 미약한 '물소리'지만 언젠가는 거대한 '폭탄(bombs)'보다 더 큰 소리로 끝없이 노래하게 되는, 바로 그날을 바라면서 말이다.

운동주가 BTS를 읽고 나서

이방인 고래 'Whalien 52'처럼, 저 역시 거리의 사람들과 소통할 수 없어 괴로운 사람입니다. 지금은 비록 '가만히 가만히' 흐르는 '산골물'이지만, 이 흐름이 바다에 이르면 언젠가는 주파수가 일치하는 고래를 만나 함께 거대한 물줄기를 힘차게 뿜어내듯, '산골물'은 어느새 집채만한 파도가 되고, 마침내 거대한 조류가 되어 조국의 독립을 향해 밀물처럼 치닫게 될 겁니다. 고래는 '가만히 가만히' 바다를 향해 거대한 지느러미를 날개처럼 휘저으며 미래를 향해 나아가겠지요. 방탄소년단이여! 오직 자신의 헤르츠를 믿고 푸른 바다로 향하십시오.

길 위에서 길을 잃거나, 잃은 것을 찾으러 길 위에 서거나

BTS 〈Lost〉
윤동주 〈길〉

윤동주가 BTS와 만나기 전에

길이라고 하면 흔히 '① 사람, 동물, 자동차 등이 지나갈 수 있게 땅 위에 낸 공간'을 의미한다. 하지만 우리가 일상에서 쓰는 '길'이라는 낱말은 이렇듯 구체적인 의미만 있는 것은 아니다. 오히려 추상적 의미로 더 많이 쓰이곤 한다.

이를테면 "내가 걸어온 고단한 길을 이제는 끝내고 싶다."에서 길은 '② 시간의 흐름에 따른 개인의 삶의 전개 과정'을 의미한다. "내가 가는 길은, 배움의 길이요, 인내의 길이다."에서 길은 앞서 언급한 길의 의미와 조금 다른데, '③ 사람이 삶을 살아가거나 발전해 가는 데에 지향하는 방향, 지침, 목적 등'을 의미한다. 길의 추상적 의미는 이것 외에도 더 있다. '④ 자격이나 신분으로서 주어진 도리나 임무'를 뜻하는 길은 '어머니의 길, 의사로서의 길, 선생님의 길…'처럼 쓰이기도 한다. 모두 같은 뜻인 듯 보이지만, 조금씩 미묘하게 다른 의미로 쓰이고 있음을 알 수 있다.

"내가 가야 할 길은 상생의 길이다." → 길③

"내가 가는 길이 결코 순탄치 않을 것임을 이미 알고 있다." → 길②

일상에서 '길'이라는 말이 사용되는 언어적 맥락을 지켜보면 발화자가 어떤 세계관을 가졌는지, 어떤 삶을 살아왔고 앞으로의 삶의 지향점이 무엇인지 우회적으로 알 수 있는 경우가 많다. 길은 단순한 길에 그치는 것이 아니라, 이미 발화자의 생각을 표현하는 추상성이 확장되어 쓰이는 말이기 때문이다.

로드 무비(road movie)라는 영화 장르에서 주인공은 길을 떠나 장소를 이동해 가면서 여러 사람을 만나고 갖가지 사건을 겪게 된다. 이윽고 종착점에 도착할 때쯤에는 큰 깨달음을 얻게 된다. 이때 종착점에 도달한 주인공은 출발점의 주인공과 전혀 다른 사람이 되어 있다. 그만큼 길은 인간에게 적지 않은 영향을 미친다. 로드 무비 형식의 원형이자, 영웅 서사시의 대표적인 작품인 호메로스의 《오디세이아》가 그러하고, 영화 〈오즈의 마법사〉가 그랬던 것처럼, 또 우리에게 너무나 친숙한 영화 〈반지의 제왕〉이 그랬던 것처럼 말이다. 목적지를 향한 주인공들(오디세우스, 도로시, 프로도)의 여정이 어땠었는지 머릿속에 떠올려 보면서, BTS의 노래를 감상해 보기로 하자.

길을 잃는다는 건 그 길을 찾는 방법

우리는 종종 길을 잃곤 한다. 그것도 한창 잘 가던 길 위에서 말이다. 그럴 땐 우두커니 그 자리에 서 있게 되는데, 어째서일까? 길이란 게 애초부터 존재하지도 않았을 것만 같고, 마치 '사막이나 바다 가운데' 서 있는 듯 막막한 존재처럼 느껴지기 때문이다. 이전에 본 적 없는 낯선 길일수록 '가지 못하는 길', 혹은 '갈 수 없는 길'일까 두려워 망설이게 되는 것이다.

눈을 감고 아직 여기 서 있어
사막과 바다 가운데 길을 잃고서
여전히 헤매고 있어 어디로 가야 할지
이리도 많을 줄 몰랐어

가지 못한 길도 갈 수 없는 길도

I never felt this way before

어른이 되려는지 난 너무 어려운 걸

이 길이 맞는지 정말 너무 혼란스러워

never leave me alone

그래도 믿고 있어 믿기지 않지만

길을 잃는다는 건 그 길을 찾는 방법

Lost my way

쉴 새 없이 몰아치는 거친 비바람 속에

Lost my way

출구라곤 없는 복잡한 세상 속에

Lost my way Lost my way

수없이 헤매도 난 나의 길을 믿어볼래

– BTS, 〈Lost〉에서

화자는 여러 갈래 길에서 여전히 헤매고 있는 탓에 혼란스러운 듯 보인다. 그러나 동시에 이런 혼란스러움이 어른이 되어가는 통과의례라고 여기는 듯도 하다. 그래서 '쉴 새 없이 몰아치는 거친 비바람 속에'서도 자신이 선택한 길이 올바른 길이라고 믿는다. '출구'조차 보이지 않는 길 위에서 길을 잃고 헤매도 나의 길을 믿어보겠다는 용기. 이러한 용기는 어디서 나오는 것일까?

'길을 잃는다는 건 그 길을 찾는 방법'이라는 노랫말에 주목해 보자. 화자의 역설적 인식이 드러나는 아주 인상적인 구절로, 길을 잃는다는 건 괴롭고 길을 찾아내는 건 어려운 일이긴 하지만, 길을 잃어봐야 길을 찾는 방법도 터득할 수 있게 된다는, 참으로 신박한 생각이 담겨 있다. 나의 길을 맹목적으로 믿는 화자의 용기는 바로 이런 생각으로부터 나오지 않았을까?

그렇다면 이제 BTS가 노래하는 길이 어떤 의미일지 따져보기로 하자. 앞서 살펴본 길의 여러 의미들 중 BTS가 노래하는 길은 길③에 가장 가깝다고 할 수 있다. 다시 말해 이 노래의 화자에게 주어진 길은 바로 '사람이 삶을 살아가거나 발전해가는 데에 지향하는 방향, 지침, 목적 등'을 의미하는 것이다. 화자는 지금 잠시 길 위에서 길을 잃고 수없이 헤매고 있지만, 자신이 처음에 설정한 삶의 방향과 목적에 확신을 가지고, 어떤 시련에도 굴하지 않고 묵묵히 나아가리라 다짐하고 있다.

한비야는 일찍이 "길을 모르면 물으면 될 것이고 길을 잃으면 헤매면 그만이다."라고 이야기한 바 있다. 그의 저서《한비

야의 중국견문록》(2006)에는 "중요한 것은 나의 목적지가 어디인지 늘 잊지 않는 마음이다."라고 하였는데, BTS의 이 노래를 한 줄로 압축한다면 바로 이런 의미가 되지 않을까 싶다. 이제 노래의 후반부를 살펴보기로 하자.

어디로 가는 개미를 본 적 있어?

단 한 번에 길을 찾는 법이 없어

수없이 부딪히며 기어가는

먹이를 찾기 위해 며칠이고 방황하는

쓸모 있어 이 좌절도

난 믿어 우리는 바로 가고 있어

언젠가 우리가 찾게 되면

분명 한 번에 집으로 와 개미처럼

(중략)

좀 느려도 내 발로 걷겠어

이 길이 분명 나의 길이니까

돌아가도 언젠가 닿을 테니까

- 〈Lost〉에서

길을 찾아 떠난 화자 자신을 '개미'에 비유한 지점이 흥미롭다. 무더운 여름날, 뜨거운 태양으로 달구어진 땅바닥을 분주히 훑으며 어디론가 향하는 개미 떼. 한순간도 쉬지 않고 길 떠나는 개미들은 겉으로 보기에는 이리저리 헤매는 것 같아도 목적지를 향해 정확히 방향을 잡고 이동한다. 특히 놀라운 지점은 개미의 경우, 아무리 멀리 떨어진 장소까지 나와도 심지어 집을 나가기 전과 후의 물리적 환경이 변했더라도 정확히 경로를 탐색해 자기 집으로 복귀한다는 점이다.

개미가 경로를 탐색하는 것처럼 화자 자신도 한눈팔지 않고 부지런히 자신의 길을 향해 가겠다는 의지를 표명한다. 믿고 가기만 하면 일시의 방황이나 좌절은 문제되지 않는다는 듯이. 여기에 '좀 느려도' 다른 사람의 도움 없이 '내 발로 걷겠'다는 의지를 더한다. 포기하지만 않는다면 '언젠가 닿을' 목적지이니 멀리 '돌아가도' 스스로 해내고야 말겠다는 표현이, 영락없이 맹목적으로 성실한 개미의 모습을 떠올리게 한다. 자신의 길에 대한, 이런 확신이 오늘의 BTS를 만들어놓은 게 아닐까?

내가 사는 것은, 잃은 것을 찾는 까닭입니다

여기 무엇인가를 찾기 위해 길을 떠난, 또 한 명의 화자가 있다. 이 화자는 무엇을 어디에다가 잃었는지조차 몰라서 제 주머니를 더듬으며 길로 나아간다. 그리고는 돌과 돌이 끝없이 이어지는 '돌담길'을 걷기 시작한다.

잃어버렸습니다.
무얼 어디다 잃었는지 몰라
두 손이 주머니를 더듬어
길에 나아갑니다.

돌과 돌과 돌이 끝없이 연달아
길은 돌담을 끼고 갑니다.

담은 쇠문을 굳게 닫아
길 위에 긴 그림자를 드리우고

길은 아침에서 저녁으로
저녁에서 아침으로 통했습니다.

돌담을 더듬어 눈물짓다

쳐다보면 하늘은 부끄럽게 푸릅니다.

풀 한 포기 없는 이 길을 걷는 것은

담 저쪽에 내가 남아 있는 까닭이고,

내가 사는 것은, 다만,

잃은 것을 찾는 까닭입니다.

– 윤동주, 〈길〉

　그냥 순탄한 길이 아니라, 돌담을 끼고 있다고 노래하는 것은, 그 길 위에서 쉽사리 벗어나기 어렵다는 것을 의미한다. 단단한 돌담은 일종의 방해물로서, 먼저 살펴본 BTS의 〈Lost〉에서 길을 찾기 어렵게 만들었던 '사막'이나 '바다'와 동일한 시적 역할을 하고 있다. 더욱이 돌담길에서 벗어날 수 있는 유일한 출입구인 '쇠문'이 굳게 닫혀 있고, 게다가 그 쇠문이 '어두운 그림자'를 드리운다는 것(혹은 화자의 마음에 어두운 그림자가 드리웠다고 볼 수도 있는)은 화자의 상황이 결코 녹록지 않음을 방증한다.

잃어버린 무엇인가를 찾아 길 위의 여정을 시작한 화자. 그러나 아침에서 저녁으로 다시 아침으로, 시간이 흐르고 흘러도 좀처럼 목적지는 보이지 않는다. 개미처럼 아무리 돌담길을 더듬어보아도 마냥 앞이 보이지 않으니 눈물짓는 날이 많아질 밖에. 이런 상황에서 화자는 자신의 처지와는 상반되는 푸른 하늘을 쳐다보며 부끄러움을 느낀다.

화자는 문득 자신이 잃어버려서는 안 될 것을 잃어버렸음을 깨닫는다. 푸른 하늘처럼 맑고 순수한 자신의 양심이랄까, 이상적 자아의 모습이 사라져가고 있음을 느낀 것이다. 그렇다고 가던 길을 멈춰야 할까? 화자는 쇠문으로 닫히고 돌담으로 가려진 '담 저쪽에' 순수하게 양심을 지키고 서 있는 이상적 자아가 아직 남아 있을 거라고 믿는다. 그리고 바로 그 희망이 화자가 길을 걷는 목적지가 되어준다.

이 시의 마지막 부분에서 화자는 잃었던 '나'의 모습을 찾는 것이 내 삶의 이유라고 당당하게 밝힌다. 화자가 자신의 길이 시련과 고난으로 점철되어 있을지라도 그 길을 포기하지 않은 까닭은 바로 자신의 참된 자아를 회복하고 싶은 의지 때문이다. 주머니를 뒤적거리면서 잃어버린 것을 찾으러 길을 나섰던 화자는 길 위에서 긴 시간을 보내며 나약한 모습에서 미래에 대한 확신을 품은 당찬 청년으로 변모해 간다. 마치 짧디짧은 로드무비를 감상한 것만 같다.

이 시의 화자가 걷고 있는 길은 앞서 살펴본 BTS의 '길'과 얼핏 비슷해 보이기도 한다. 그러나 BTS의 〈Lost〉에서는 화자가 확신하는 삶의 지향점이나 목적이라는 점에서 길②에 가깝고, 윤동주의 〈길〉에서는 시간의 흐름에 따른 개인의 변모 과정이 두드러진다는 점에서 길③에 더 가깝다는 차이를 보인다. 평소에 우리가 사용하는 '길'이라는 단어는 이렇듯 BTS와 윤동주의 시에서도 서로 같은 듯 미묘하게 다른 의미로 쓰이고 있어 흥미롭다.

운동주가 BTS를 읽고 나서

'잃어버린 나'를 찾기 위해 저는 길을 나섰습니다. 처음에는 스스로 무엇을 잃어버렸는지도 파악이 안 되었을 만큼 혼란스러웠지요. BTS 당신들은 길을 잃고 혼란스러웠어도 마치 자기 집으로 복귀하는 개미들처럼 자신의 길로 되돌아가는 모습이 인상적입니다. 자신이 선택한 삶의 길에 확신을 가지고 올곧게 나아가는 모습도 부럽기만 합니다. 저도 다행히 푸른 하늘을 우러러보며 비로소 스스로 가야 할 길을 찾아낼 수 있었습니다. 순수한 자아의 모습을 회복할 때까지 포기하지 않고 돌담길을 헤쳐 나가겠습니다. 그것이 바로 제가 지금 살아가는 이유이니까요.

4부

아아 젊음은
오래 거기
남아 있거라

어제와 내일의 낙원,
그리고 오늘의 낙원. 당신의 선택은?

BTS 〈낙원〉

윤동주 〈사랑스런 추억〉

윤동주가 BTS와 만나기 전에

낙원이란 어떤 곳일까? 낙원이라 함은 경치가 끝내주는 곳? 매일이 즐겁고 모두가 행복한 곳? 착한 사람들만 모여 사는 곳? 우리가 상상할 수 있는 최상의 것만을 한군데 모아놓은 곳? 그런데 그런 낙원은 왜 현실 속에 존재하지 않는 것일까? 서양에서는 '파라다이스(paradise)' 혹은 천국(heaven)'이라고도 불린 낙원. 동양에서는 '극락(極樂)' 혹은 '도원경(桃源境)'이라고 불리곤 했는데, 낙원을 뜻하는 말들 중에는 이처럼 사후 세계를 일컫는, 종교적인 색채가 강한 표현도 있다. 또 '엘리시온(Elysion)'이라는 말도 있는데, 이는 그리스 신화에 등장하는 공간이자, 신화 속 영웅이 영원히 머물거나 생전에 덕을 쌓은 인간의 영혼이 갈 수 있는 휴식처를 일컫는다. 이또한 사후에 갈 수 있는 곳이라는 점에서 현실적 공간은 아니라 할 수 있겠다.

일반적으로 낙원은 인간이 완벽하게 서로 조화를 이루며 살아가는 이상향의 공간이거나, 모순투성이 현재의 세계와는 전혀 다른 시스템을 가진 완벽한 세계를 의미한다. 물론 인간의 세계가 완벽하다는 것은 사실상 불가능에 가까운 일이기 때문에, 낙원은 기본적으로 비현실적인 공간임을 전제로 한다. 현대에 와서 낙원이라는 말은 흔히 '유토피아'라는 표현으로 대체되어 쓰이곤 하는데, 이는 16세기에 발표된 토마스 모어의 소설 《유토피아》에서 유래된 표현이다. 하지만 어원적으로 봤을 때, 유토피아(Utopia)라는 말 속에는 이미 '어디에도 존재하지 않는 곳'이라는 뜻이 담겨 있다. 모어는 지극히 모순적인 유토피아(이상향)의 본질을 정확히 꿰뚫고 있었던 것이다.

다만, 위에 열거한 여러 낙원 중에서 모어의 '유토피아'라는 낙원은 아직 다가오지 않은 미래 사회에 지향점이 있고, '파라다이스'라는 낙원은 어딘가에 존재했을 과거의 어느 한 지점을 지향하고 있다는 점에서 그 성격을 달리한다. 가만히 생각해 보면 우리에게 고통을 주는 것은 과거나 미래라기보단 늘 '현재'였다. 그래서 우리는 과거의 행복한 상태를 그리워하거나, 다른 한편으로는 미래의 행복을 희망처럼 기대하기도 한다.

멈춰서도 괜찮아, 꿈이 없어도 괜찮아

역사적으로 낙원의 개념과 용어들은 다양하게 존재해 왔다. 그 낙원들은 대체로 많은 사람이 꿈꾸고 있는 이상향의 이미지가 투영된 것이었다. 그런 탓에 현대 사회에서 낙원은 이른바 '지상 낙원'이라는 이름으로 사람들의 욕망을 대변하거나, 정치적·물질적 이익을 위해 이용되기도 한다. 가령 어떤 정치인은 "세상에서 가장 살기 좋은 곳으로 만들겠다."라고 공약을 하고, 어떤 광고에서는 "모두 부자 되세요."라는 카피로 경제적으로 풍요로운 삶을 욕망하도록 한다. 어떤 대학(혹은 학원)은 "여기가 당신의 꿈이 이루어지는 곳"이라며 수험생을 유혹하기도 한다. 하지만 마치 그런 욕망들을 비웃기라도 하듯 BTS는 낙원에 대한 자신들만의 독특한 해석을 내놓는다.

마라톤 마라톤
삶은 길어 천천히 해

42.195

그 끝엔 꿈의 낙원이 가득해

하지만 진짜 세상은

약속과는 달라

우린 달려야 해 밟아야 해

신호탄을 쏘면

너, 목적지도 없어

아무 풍경도 없어

숨이 턱까지 넘칠 때

You need to you need to

멈춰서도 괜찮아

아무 이유도 모르는 채 달릴 필요 없어

꿈이 없어도 괜찮아

잠시 행복을 느낄 네 순간들이 있다면

멈춰서도 괜찮아

이젠 목적도 모르는 채 달리지 않아

꿈이 없어도 괜찮아

네가 내뱉는 모든 호흡은 이미 낙원에

– BTS, 〈낙원〉에서

삶은 마라톤과 같이 힘들고도 기나긴 길이다. 우리가 그 길을 견디는 까닭은 그 끝에 '꿈의 낙원이 가득'할 것이라 믿기 때문이다. 젊어서 고생은 일부러 사서도 한다는 말처럼, 우리는 지금의 고생을 미래를 향한 투자라고 여기곤 한다. 하지만 BTS는 진실은 그런 게 아니라며, '진짜 세상은 약속과 다르다'고 고발한다. '숨이 턱까지 넘칠 때'까지 길을 달려봤자, 미래에 도달했을 때 '낙원' 같은 건 존재하지 않는 경우가 훨씬 더 많다고 말이다. 마치 토마스 모어의 '유토피아'처럼.

BTS는 더 나아가 이제 멈춰도 좋다고 노래한다. '아무 이유도 모르는 채', 남들이 달려간다고 무작정 따라 달릴 필요가 없다는 것이다. 심지어 '꿈이 없어도 괜찮'다고 말한다. 아주 짧은 순간이라도 일상에서 작은 행복을 느낄 수만 있다면, 마라톤과 같은 고통의 길을 애써 달리지 않아도 우리는 이미 '낙원'에 있는 것과 진배없다고 말한다. 허황된 낙원을 꿈꾸기보다는 일상의 작은 행복을 찾다 보면 호흡하는 매 순간이 이미 '낙원'처럼 느껴질 것이라는 의미이기도 하다. 이 노래는 쉴 틈 없이 달리는 일에 강박적으로 집착하던 우리에게 비로소 멈출 수 있는 용기를 준다.

We deserve a life

뭐가 크건 작건 그냥 너는 너잖어

(중략)

I don't have a dream

꿈을 꾸는 게 때론 무섭네

그냥 이렇게 살아가는 게

살아남는 게 이게 나에겐 작은 꿈인데

꿈을 꾸는 게 꿈을 쥐는 게

숨을 쉬는 게 때론 버겁네

(중략)

이젠 매일 웃어보자고 저 낙원에서

– 〈낙원〉에서

18세기 프랑스의 계몽사상가이자 작가였던 볼테르가 일찍이 이렇게 이야기한 바 있다. "내가 있는 곳이 낙원이다."라고. 이와 같은 맥락에서 위의 'We deserve a life'라는 구절은 마치 이렇게 말하는 듯하다. 낙원에 가 있지 않아도, 혹은 꿈이 없어도 "우리는 이제 살 만해요."라고 말이다. 꿈이 있든 없든, 혹은 꿈이 크든 작든 나는 그냥 나일 뿐이기에.

화자는 그러는 한편으로 이제 꿈을 꾸는 게 무섭다고도 노래한다. 존재하지 않을 '낙원'을 꿈꾸는 게 버겁게 느껴진 것일까? 그렇다기보다 이 노래의 궁극적 메시지는 바로 이런 게 아닐까? '그냥 이렇게 살아가는' 것도 낙원이 될 수 있으니, 꿈을 꾸어야 한다는 강박에서 벗어나 매일 웃어보자는 것이다. 그러다 보면 낙원에 도달하기 위해서 낙원의 꿈에서 벗어나야 한다는 묘한 진리에 도달하게 된다.

젊음은 오래 거기 남아 있거라

유학생 생활을 막 시작한 1942년 5월의 봄 어느 날, 윤동주는 동경 교외의 어느 한적한 곳에서 상념에 젖는다. 그리고 바로 그곳에서 유학을 떠나기 불과 몇 달 전인, 서울에서의 또 다른 봄을 떠올린다. 서울의 연희전문학교를 막 졸업하고 일본 유학을 준비하고 있었을, 바로 그때의 봄을.

봄이 오던 아침, 서울 어느 쪼그만 정거장에서

희망과 사랑처럼 기차를 기다려,

나는 플랫폼에 간신한 그림자를 떨어뜨리고,

담배를 피웠다.

내 그림자는 담배 연기 그림자를 날리고
비둘기 한 떼가 부끄러울 것도 없이
나래 속을 속, 속, 햇빛에 비춰, 날았다.

기차는 아무 새로운 소식도 없이
나를 멀리 실어다 주어,

봄은 다 가고 동경 교외 어느 조용한 하숙방에서,
옛 거리에 남은 나를 희망과 사랑처럼 그리워한다.

오늘도 기차는 몇 번이나 무의미하게 지나가고

오늘도 나는 누구를 기다려 정거장 가차운
언덕에서 서성거릴 게다.

―아아, 젊음은 오래 거기 남아 있거라.

- 윤동주, 〈사랑스런 추억〉

　겨울의 끝자락, 그러니까 아직은 쌀쌀한 '봄이 오던 아침'에 화자는 서울의 어느 정거장에서 '희망과 사랑'의 마음을 품고 기차를 기다리고 있다. '나'는 힘겨운 듯 지친 몸을 이끌고 마음속 갈등과 번뇌를 달래려는 듯 담배 한 대를 피워 문다. 기차를 타고 가려는 듯한 화자의 최종 목적지는 아마도 일본일 테다. 조국을 등지고 일본으로 떠나는 '나'는 한없이 부끄럽기만 한데 '비둘기'는 나의 심정을 아는지 모르는지 부끄럼 없이 날개를 펴고 햇빛 속으로 날아가 버린다. 그렇게 기다리던 기차를 타고 '나'는 멀리 일본의 동경까지 간다. 그러나 '아무 새로운 소식도 없'었다고 언급한 부분에서 짐작할 수 있듯, 애당초 일본에는 기대하였던 희망과 사랑이 가득한 '낙원' 같은 것은 존재하지 않았다. 오랜 고뇌 끝에 수치스럽게 창씨개명까지 하며 찾아간 일본이었지만, '나'가 그리워하는 것은 오히려 서울의 '옛 거리에 남은 나'의 모습이다. 그 모습이 '희망과 사랑처럼 그리워'질 뿐이다.

　기차를 타고 미래로 달려봐도 낙원에 갈 수 없음을 깨닫게 되자, '나'는 더 이상 섣불리 기차에 오르지 않기로 한다. 그래서 기차는 흘러가는 시간처럼 무의미하게 지나갈 뿐이고, 일본으로 유학을 떠나기 전까지 숨 가쁘게 달려온 '나'는 이제야 비로소 정거장에 멈춰 선다. 그러곤 또 다른 '누구'인가를 기다리며 정거장이 가까운 언덕에서 서성이기 시작한다. 화자는 누구를 기다리는 것일까? 이상향의 공간을 찾아 헤매는 화자를 위로해 줄 누군가일 텐데, 그 사람이 쉽게 나타나 줄 것 같지는 않다. 사무엘 베게트의 희곡《고도를 기다리며》에서 주인공이 길거리를 서성이며 오지도 않는 '고도'라는 사람을 하염없이 기다리듯, 어쩌면 화자의 서성거림 역시 그렇듯 오래 지속될지도 모르겠다.

그러니 화자가 지금 이 순간, 특정한 누군가에게 기다림의 초점이 맞춰놓지 않은 것은 천만다행이다. 화자가 간절히 그리워하고 있는 것은, 태곳적 존재하던 파라다이스라는 낙원처럼 티 없고 순수했던 자신의 과거, 즉 '젊음'의 시절이다. 그 젊음의 시절은 윤동주가 오래도록 '거기 남아 있'기를 바라는 '사랑스런 추억'이 되어 있다. 시간도 멈추게 하고, 나도 멈추어버리고 싶어지는 '나'의 종착지, 그것은 바로 청춘이었다.

그러니 아아, 젊음은 오래 거기 남아 있거라.

윤동주가 BTS를 읽고 나서

나는 북간도에서 태어나 자랐고, 열아홉에 평양으로 전학 가서 중학교를 다녔으며 스물둘에 서울 연희전문학교에 진학했고, 스물여섯살에 일본 유학을 떠났습니다. 더 큰 꿈을 이루기 위해 늘 고심하고 갈등하며 앞만 보고 살아왔는데 이제 돌아보니 순수하고 소중한 것은 모두 젊은 날에 있던 것 같습니다. 조국에서 보낸 청춘이, 나에게 모두 사랑스러운 추억으로 영원히 남았으면 좋겠습니다.

BTS, 당신들이 "꿈이 없어도 괜찮다."라고 노래한 부분은 내게 굉장한 울림을 주었습니다. 아주 짧게나마 행복을 느끼는 순간이 있다면, 그것만으로 내가 사는 세상도 웃음 가득한 낙원이 될 수 있다니, 치열하게 살아왔던 내게 정말 큰 위안이 되는 노래입니다.

눈꽃보다 봄꽃, 봄날을 기다리는 데는 저마다의 이유가 있다

BTS 〈봄날〉

윤동주 〈눈 오는 지도〉

윤동주가 BTS와 만나기 전에

전 지구적으로 봤을 때 인류의 문화는 기후와 계절에 따라 너무나 선명하게 대비되고 차별화되는 경향을 보인다. 우리나라에는 뚜렷한 사계절이 있어, 삶과 문화 역시 다채로운 방식으로 이에 조응한다. 이러한 다채로운 삶의 모습은 계절을 노래하는 형식을 통해 예부터 우리 노랫말 속에 녹아들어 있다. 봄, 여름, 가을, 겨울의 사계절은 모두 노래로 흔하디흔하게 불리지만 그중에서도 특히 봄은, 노랫말로 가장 자주 활용되는 계절이다. 그 까닭은 봄이 유독 한국인에게 다양한 의미를 연상시키기 때문이다.

봄은 우선 '시작'과 '처음'이라는 의미를 떠올리게 한다. 전통적 맥락에서는 농업사회에서 씨를 뿌림으로써 농사가 시작되는 시기이기라는 의미에서 그렇고, 근현대에 들어와서는 새 학년이 시작되는 교육제도 단위라는 의미에서 그렇기도 하다. 봄은 '사춘기(思春期)'라는 말이 불러일으키는 격정이나 들뜸, 설렘과 같은 감정을 뜻할 때도 있다. 또 봄은 '즐겨야 하는 대상'으로 여겨지기도 한다. 우리말에 '상춘(賞春)', '봄나들이'라는 표현이 이를 반영한다. 그러는 한편, 일장춘몽(一場春夢)이라는 사자성어처럼 봄은 너무나 짧고 빨리 지나가기에 '덧없음'을 의미할 때도 많다. 그리고 무엇보다도 봄은 문학적으로 춥고 암울한 겨울(적 현실)과 대비되는 '희망'을 상징하는 경우가 빈번하다.

작은 먼지처럼 날리는 눈이 나라면 조금 더 빨리 네게 닿을 수 있을 텐데

BTS의 〈봄날〉은 봄을 노래하기 아주 제격인, 겨울의 끝자락 2월에 발표되었다. 시의적절이라는 말이 바로 이런 경우가 아닌가 싶게 〈봄날〉은 대중의 마음을 사로잡았다. 뮤직비디오 역시 발표와 동시에 세간의 이목을 끌었는데, 유튜브 영상 조

회 수가 치솟았고, 뮤직비디오를 통해 이 노래에 대한 다양한 해석들이 온라인에 쏟아졌다. 〈봄날〉 자체의 노랫말보다 상징으로 가득한 뮤직비디오의 영향이 훨씬 더 강력해서 생긴 현상이었다. 지금도 〈봄날〉의 뮤직비디오를 두고 온라인에서는 다양한 해석들이 오가고 있는데, 여기서는 노랫말에만 오롯이 집중해서 이 노래의 정서를 소개하려 한다.

너무 야속한 시간
나는 우리가 밉다
이제 얼굴 한 번 보는 것조차
힘들어진 우리가
여긴 온통 겨울뿐이야
8월에도 겨울이 와
(중략)
그리움들이 얼마나 눈처럼 내려야
그 봄날이 올까 Friend

허공을 떠도는 작은 먼지처럼
작은 먼지처럼 날리는 눈이 나라면

조금 더 빨리 네게 닿을 수 있을 텐데

눈꽃이 떨어져요 또 조금씩 멀어져요
보고 싶다 보고 싶다
얼마나 기다려야 또 몇 밤을 더 새워야
널 보게 될까 만나게 될까

- BTS, 〈봄날〉에서

이 노래에 등장하는 '우리'는 뒤에 나오는 'Friend'라는 낱말
의 등장으로 친구 사이임을 짐작게 한다. 학교를 졸업하고 뿔
뿔이 헤어져 저마다 사회생활이 시작되면, 학창 시절 단짝 친
구라 하더라도 예전처럼 자주 만나기란 여간 어려운 일이 아
니다. 누구나 그렇듯 이 노래의 화자 역시 '얼굴 한 번 보는 것
조차 힘들어진' 상태로 '야속한 시간'이 흐르고 흘러 친구들과
오랫동안 소원한 관계가 되었고, 무더운 여름에도 '겨울'이 느
껴질 정도로 마음속은 차갑기만 하다고 노래하고 있다. 하지
만 관계가 소원해졌다고 친구를 보고 싶어 하는 마음까지 사
그라든 것은 아니다. 겨울이 끝나면 봄이 찾아오듯 그리움 역
시 마찬가지일 테다. 어느 한계에 이르면, 그리운 친구와의 만

남이 자연스럽게 찾아올 것이라고 기대하고 있다.

이 노래의 화자는 겨울에 내리는 눈에는 총량이 정해져 있어서 내려야 할 눈이 충분히 내리고 나면 저절로 봄이 올 수밖에 없다고 믿고 있다. 그런데 그 총량이 언제 채워질지 모르는 탓에 '작은 먼지처럼' 천천히 조금씩 내리는 눈이 답답하기만 하다는 화자. 이는 차라리 내가 눈이 되어 내리고 싶다는 발칙한 상상으로까지 이어진다. 조급한 화자는 눈이 내리고 또 내려서, 마침내 봄이 오기만을 기다리기 때문에 얼마나 더 떨어져야, 얼마나 더 기다려야 그날이 오는지 궁금해 미칠 지경이다.

아침은 다시 올 거야

어떤 어둠도 어떤 계절도 영원할 순 없으니까

벚꽃이 피나 봐요 이 겨울도 끝이 나요

보고 싶다 보고 싶다

조금만 기다리면 며칠 밤만 더 새우면

만나러 갈게 데리러 갈게

추운 겨울 끝을 지나

다시 봄날이 올 때까지

꽃 피울 때까지

그곳에 좀 더 머물러 줘 머물러 줘

- 〈봄날〉에서

어느새 벚꽃이 피어날 조짐을 보이자 화자는 드디어 겨울이 끝이 나고 있음을 직감한다. 보고 싶은 친구를 향한 그리움은 커져만 가고 이제 '조금만 기다리면 며칠 밤만 더 새우면' 된다고, 재회의 날이 코앞까지 왔다고 느낀다. 이때 화자는 마음속으로 친구에게 중요한 한 가지 사항을 추가로 요청한다. '추운 겨울 끝을 지나 다시 봄날이 올' 것이 확실하므로 '그곳에 좀 더 머물러' 달라고.

여기서 우리가 주목해야 할 부분이 있다. 이는 바로 화자가 앞서, 보고 싶은 친구에게 '내가 있는 곳으로 나를 만나러 오라'고 하지 않았다는 것이다. 외려 화자는 능동적으로 친구를 향해 '만나러 갈' 거라고, 더 나아가 '데리러 갈' 거라고 적극적인 의지를 표명하고 있다. 만나러 가고 데리러 가려면 친구가 그 자리에 그대로 있어 주어야만 한다. 만약 화자도 모르는 다른 어느 곳으로 자리를 뜨게 되면 만남까지의 시간이 그만큼 지연되기 때문이다. 요청은 단지 물리적 거리만을 의미하지는 않는다. '너도 나와 똑같은 마음이지? 너도 나 보고 싶은 거 맞지?'라는 애절한 마음이 담겨 있다고 봐야 한다. 그래서 '그곳에 좀 더 머물러 줘'라는 노랫말은 그 친구도 옛 마음을 그대로 간직하고 있어 주기 바라는, 다시 말해 물리적 거리뿐만 아니라, 심리적 거리까지도 유지해 주기 바라는, 간절한 마음의 표현이다.

눈이 녹으면 남은 발자국 자리마다 꽃이 피리니

BTS의 〈봄날〉에서 헤어졌던 '친구'는 윤동주의 시에서 '순이'로 치환된다. 순이가 떠나는 아침, 창밖에는 말로 표현하기 힘들 정도로 슬프디슬픈 함박눈이 내리기 시작한다. 순이가 떠나고 난 공간이 텅 비어 마치 눈 내리는 창밖 풍경처럼 하얗게 느껴진다.

　순이가 떠난다는 아침에 말 못 할 마음으로 함박눈이 내려, 슬픈 것처럼 창밖에 아득히 깔린 지도 위에 덮인다.
　방 안을 돌아다보아야 아무도 없다. 벽과 천정이 하얗다. 방 안에까지 눈이 내리는 것일까, 정말 너는 잃어버린 역사처럼 홀홀히 가는 것이냐, 떠나기 전에 일러둘 말이 있던 것을 편지를 써서도 네가 가는 곳을 몰라 어느 거리, 어느 마을, 어느 지붕 밑, 너는 내 마음속에만 남아 있는 것이냐, 네 쪼그만 발자국을 눈이 자꾸 내려 덮어 따라갈 수도 없다. 눈이 녹으면 남은 발자국 자리마다 꽃이 피리니 꽃 사이로 발자국을 찾아 나서면 일 년 열두 달 하냥 내 마음에는 눈이 내리리라.

- 윤동주, 〈눈 오는 지도〉

BTS처럼 '보고 싶다, 보고 싶다' 몇백 번은 되뇌고 그 마음을 편지에 옮겼을 화자는 순이가 떠난 곳을 알지 못해 편지를 부치지도 못하고 마음속에만 간직한다. BTS는 친구와 이별한 순간들을 단순히 '밉다'고 표현한 데 비해, 윤동주는 순이와의 이별을 '잃어버린 역사'에 견줌으로써, 화자가 느끼는 슬픔의 깊이가 가늠할 길 없이 매우 깊음을 느끼게 한다.

말없이 순이가 떠난 그 길 위로 하염없이 눈이 내리고, 내리는 눈은 순이의 발자국을 자꾸만 덮어버린다 순이를 따라갈 수 없게 된 화자는 봄날을 기다리기로 한다. 봄이 찾아와 저 '눈이 녹으면' 순이가 떠나면서 남긴 발자국 자리마다 '꽃'이 피어날 것이라는 과감한 상상력을 발휘하며 이별의 슬픔을 극복해 나가기로 한다. BTS가 피어나는 벚꽃을 쳐다보며 봄날이 왔음을 직감한 것처럼 화자는 순이의 발자국마다 꽃이 피어나 그 꽃길을 따라가면 곧 순이를 만날 수 있으리라는 희망을 품는다. 마침내 그 꽃길은 순이를 찾아가는 '지도'가 될 것이기에 윤동주는 눈 오는 바깥 풍경을 그냥 '눈 오는 길'이라고 하지 않고 '눈 오는 지도'라고 했던 것은 아니었을까?

마지막 구절 '일 년 열두 달 하냥 내 마음에는 눈이 내리리라.'를 두고서 어떤 사람은 계속 눈이 내리므로 순이와 영원히 만날 수 없는 슬픔을 노래한다고 해석하기도 한다. 하지만 봄날이 찾아와 꽃이 피는 시점을 희망하는 화자에게 이제 눈은 차가운 겨울의 눈이 아니라, 그리움을 잉태한 따뜻한 봄눈이 될 것이다. BTS도 〈봄날〉에서 '그리움들이 눈처럼' 내린다고, 분명 그렇게 노래하지 않았던가. 충분히 눈이 내린 뒤에야 봄이 찾아오는 법이다. 이제 화자에게 눈은 슬픔이 아니라 그리움이다. 순이를 만날 수 있다는 봄날의 희망이 생겼으므로 눈이 내리는 겨울도 슬퍼하지 않고 마음껏 순이를 그리워할 수 있는 것이다.

'어떤 어둠도 어떤 계절도 영원할 순 없'다는 BTS의 말처럼, 언젠가 겨울이 끝나고 봄날이 찾아와 순이의 발자국마다 봄꽃이 피어나면, 그 발자국을 따라 순이를 찾을 수 있다는 상상.

그 상상만으로도 화자에게는 슬픈 그리움이 아닌, 희망의 그리움이 충만하게 될 것이다. 윤동주와 BTS 모두 봄날을 기다리는 이유가 너무도 선명하다. 그래서 두 노래가 모두 절절한 것 아닐까.

윤동주가 BTS를 읽고 나서

BTS는 지금 당장 만날 수 없는 친구를 그리워하며 겨울처럼 차가운 마음으로 살아가지만, 언젠가 찾아올 봄날을 희망 삼아 조금만 더 기다려 보자고 의지를 다지고 있군요.

나 역시 봄이 찾아와 눈이 녹으면 내 곁을 떠나간 순이를 찾아갈 수 있으리란 희망에 봄날을 애타게 기다립니다. 봄이 되면 그녀가 떠난 그 자리에 꽃이 피어날 테니까요. 나는 순이를 찾을 때까지 마냥 그녀를 그리워하며 살아야 할 것 같아요.

지나치게 믿고 바라면
마음속에 어떤 불편함이 생길까?

BTS 〈FAKE LOVE〉
윤동주 〈거짓부리〉

윤동주가 BTS와 만나기 전에

사랑에 빠져 상대를 제대로 보지 못하는 사람을 풍자하는 속
담에 "눈에 콩깍지가 씌었다."라는 말이 있다. 사랑에 빠지지
않더라도 누구에게나 눈에 콩깍지가 쓰이는 순간은 있기 마련
이다. 눈에 콩깍지가 쓰이면 우리 마음속에 여러 가지 불합리
한 생각들이 자리 잡게 되는데, 그 대표적인 예로 '확증 편향'
을 들 수 있다. 확증 편향이란, 어떤 대상에 대한 결론을 미리
내놓고 그 생각과 일치하는 정보만 골라서 받아들이는 심리를
말한다. 쉽게 말해, 보고 싶은 것만 보고, 듣고 싶은 것만 듣
는 심리라고나 할까. 누군가를 사랑한다고 믿게 되면, 그 사람

의 모든 것이 좋아 보일 뿐만 아니라, 그 사람의 모든 행동을 자신을 사랑하는 증거라고 믿게 된다. 이를테면 그 사람과 우연히 눈이 마주쳤을 때 "이 사람이 나를 사랑하기 때문에 나에게 눈길을 준 것이다."라고 믿게 되는 경우나, 그 사람이 자신을 향해 부정적인 행동을 하면 "그 사람이 오늘 기분 나쁜 일이 있어서 그런 거지, 나를 싫어해서 그러는 건 아닐 거야."라고 믿어버리는 것처럼 말이다(모두 사랑에 빠진 자의 지독한 확증 편향일 뿐이다).

확증 편향에 빠진 사람은 자신의 불합리한 행동마저도 '사랑하기 때문에'라며 스스로를 합리화하기도 한다. 이솝 우화에서 〈여우와 신 포도〉를 생각하면 쉽다. 포도를 못 먹게 된 여우가 어차피 그 포도는 시어서 맛이 없을 거라고 합리화를 해버리는 모습. 그런 합리화를 일컬어 '인지부조화'라고 한다. 사람들은 자기가 어리석은 선택을 했다는 것을 알고 난 후에도 불합리한 이유를 들어 (여우가 포도가 시다고 생각해 버리는 것처럼) 끝까지 자신이 옳았다고 믿으려 하는 경향이 있다.

가령 사랑에 빠진 사람이 자신의 행동을 설명할 때 '사랑하기 때문에 그렇게 행동했다.'라는 이유를 들곤 한다. "왜 거짓말을 했냐고? 그 사람에게 잘 보이려고 거짓말을 한 거야. 정말 사랑하기 때문에 그런 거라고!" "내가 그 사람에게 아무런 조건 없이 고액의 돈을 빌려준 것은 그 사람을 사랑하기 때문이야." 이런 식으로 말이다. 이들은 앞뒤 가리지 않고 사랑이라는 말로 자신의 모든 행동을 합리화하고 덮어버린다. 합리적인 선택을 하기보다 자신의 믿음을 선택하는 것, 이것이 바로 '인지 부조화'이다. 내가 했던 거짓말의 부도덕함과 그 사람에게 무작정 고액의 돈을 빌려준 불합리한 상황에 대해 직시하고 자신의 행동을 개선하려는 것이 아니라, 자신의 생각을 바꾸려 한다. 사랑하면 그럴 수 있다고 믿고 싶어 한다.

그런데 이 콩깍지가 언제까지 지속될 수 있을까? 눈에 쓰인 콩깍지가 영원할 수 없음은 불변의 진리일 터. 콩깍지가 벗겨지는 순간, 비로소 제대로 현실을 파악할 수 있게 되지만, 그 상황은 생각보다 처참할 수 있다.

고놈의 암탉이, 검둥이 꼬리가 '거짓부리' 한 걸

추위가 찾아온 깊은 겨울밤. 누군가 찾아와 하룻밤 자고 갔으면 하고 바라게 되는, 그런 그윽한 밤. 내가 그리워하는 임이면 제일 좋고, 낯선 나그네라도 좋다. 외로운 오늘 밤 적적하지 않게 밤새 말벗이라도 되어줄 누군가가 나를 찾아와 주기를 간절히 바라게 되는 밤. 그 사람이 올 거라고 믿기라도 하는 날에는 확증 편향이 생기기 십상이다. 그런 밤에 '똑, 똑, 똑' 하고 문 두드리는 소리가 난다면, 화자는 어떤 심리 상태가 될까?

똑, 똑, 똑,
문 좀 열어주세요.
하룻밤 자고 갑시다.
밤은 깊고 날은 추운데
거, 누굴까?
문 열어주고 보니
검둥이 꼬리가
거짓부리 한 걸.

꼬끼요, 꼬끼요,
닭알 낳았다.
간난아! 어서 집어 가거라.
간난이 뛰어가 보니
닭알은 무슨 닭알.

고놈의 암탉이

대낮에 새빨간

거짓부리 한 걸.

- 윤동주, 〈거짓부리〉

누가 찾아올 거라 확신하면 확신할수록, 또 사람을 기다리면 기다릴수록 화자는 강아지 꼬리가 방문을 치는 소리마저 사람의 인기척으로 착각할 만큼 확증 편향이 심해진다. 소리가 나는 이유에는 수만 가지가 있을 텐데, 확증 편향 탓에 누군가 나를 찾아오는 소리일 것이라고만 생각하게 되는 것이다. '드디어 그 사람이 나를 찾아 왔구나.' 확신하며 문을 열어보지만 자신의 어리석음을 뼈저리게 느낄 뿐이다. 콩깍지가 벗겨지고 강아지가 꼬리 친 소리였음이 밝혀지자, 머쓱해진 화자는 강아지가 '거짓부리'를 한 것이라며 자신의 잘못을 애먼 강아지에게 돌리려고 한다.

평상시에 화자가 닭이 알을 낳기를 얼마나 학수고대했는지 '꼬끼요' 소리에 간난이를 시켜 닭알을 가져오라고 하지만 암탉이 울었던 현장에 닭알은 보이지 않는다. 이번에는 암탉이 '새빨간 거짓부리'를 한 것으로 밝혀진다. 닭알을 평소에 너무나도 기다린 화자에게는 '꼬끼요'라는 닭의 울음소리가 닭알을 낳은 소리라고만 들린 것이다. '닭알'이 무엇을 비유하는지는 차치하고, 어쨌거나 암탉도 강아지도 아무런 잘못이 없다. 그들은 '거짓부리' 하지 않고 평상시대로 행동했을 뿐이다. 그런 착각을 한 것은 순전히 화자의 잘못된 확증 편향 탓이다.

널 위해서라면 난 슬퍼도 기쁜 척할 수가 있었어

운명적인 사랑은 정말 존재할까? 사랑을 막 시작한 사람이 '너와의 사랑은 운명'이라고 확신하게 되면 그 사람에게는 어떤 일이 벌어질까?

널 위해서라면 난
슬퍼도 기쁜 척할 수가 있었어
널 위해서라면 난
아파도 강한 척할 수가 있었어
사랑이 사랑만으로 완벽하길
내 모든 약점들은 다 숨겨지길
이뤄지지 않는 꿈속에서
피울 수 없는 꽃을 키웠어

I'm so sick of this

Fake Love Fake Love Fake Love

- BTS, 〈FAKE LOVE〉에서

사랑하는 사람을 위해서는 '슬퍼도 기쁜 척할 수가 있'고, '아파도 강한 척할 수가 있'다는 노랫말은 사랑에 관한 인지 부조화 상태의 전형이다. 슬플 때 슬퍼하고 아플 때 아파하는 것이 자연스러운 일이거늘 '널 위해서'라는 이유를 대며 자신을 합리화하는 일. 사랑도 인간관계의 일종이기 때문에 사랑은 결코 사랑 그 자체만으로는 완벽해질 수 없을뿐더러, 사랑이 모든 약점을 감춰주지도 않는다. 그런데 화자는 그렇게 믿고 사랑을 한 듯싶다.

이 노래의 화자는 사랑이 끝난 후, 그러니까 사랑의 콩깍지가 벗겨진 후에야 비로소 '피울 수 없는 꽃을 키웠'고 이룰 수 없는 헛된 꿈을 꾸었음을 깨닫는다. 하지만 남은 것은 아픔뿐. 그래서 화자는 내가 했던 사랑이 '가짜 사랑(Fake Love)'이었다고 목놓아 노래한다.

사랑을 운명이라고 확신하는 사람이 인지 부조화를 통해 자신의 불합리한 행동을 자신의 믿음에 끼워 맞추게 될 때, 다음의 노랫말처럼 마음속으로는 불편함을 느낄 수밖에 없다.

Love you so bad Love you so bad
널 위해 예쁜 거짓을 빚어내
Love it's so mad Love it's so mad
날 지워 너의 인형이 되려 해
Love you so bad Love you so bad
널 위해 예쁜 거짓을 빚어내
Love it's so mad Love it's so mad
(중략)
날 지워 너의 인형이 되려 해
나를 봐 나조차도 버린 나
너조차 이해할 수 없는 나
낯설다 하네 니가 좋아하던 나로 변한 내가
아니라 하네 예전에 니가 잘 알고 있던 내가
아니긴 뭐가 아냐 난 눈 멀었어
사랑은 뭐가 사랑 It's all fake love

- 〈FAKE LOVE〉에서

　BTS의 〈FAKE LOVE〉는 어떤 면에서 사랑의 허망함을 노래하고, 더 나아가 눈먼 사랑의 위험성을 노래하고 있는지도 모른다. 눈에 콩깍지가 씌어 사랑에 푹 빠지게 되면, 우리는 저도 모르는 사이에 그 사랑을 위해 자신을 완전히 버릴 각오를 하게 된다. 온갖 '척'을 다 해가며, '예쁜 거짓'을 빚어내며 그 사람의 인형처럼 살겠다는 각오까지도 말이다. 화자의 사랑을 받는 상대방마저 이런 모습이 낯설다고 할 정도이니만큼, 사랑을 맹목적으로 믿어버리는 화자의 태도가 좀 과해 보이기도 한다.

　사랑에 눈이 멀면 그야말로 아무것도 보이지 않고 정상적인 인지조차 불가능한 상태가 된다. 이런 면에서 사랑은 정말 나쁜 것(So bad)이고, 미친 것(So mad)이라고 노래하는 화자의 심정도 이해가 된다. 운명이라고 믿었던 사랑이 마침내 끝난 순간, 화자도 이제는 안다. 그 모든 것은 '가짜 사랑'이었음을.

윤동주가 BTS를 읽고 나서

애꿎은 '검둥이'와 '암탉'이 무슨 잘못이 있겠습니까? 간절히 바라는 것들이 자꾸만 저를 확증 편향에 빠지게 할 뿐이지요. '거짓부리'를 한 것은 오히려 저의 조급한 마음 때문일지 모르겠네요.

너무 깊은 사랑은 자신을 인지 부조화 상태로 몰아넣어 상대방을 맹목적으로 사랑하고 그 사랑에 매달리게 할 위험성이 있습니다. '가짜 사랑'은 필요 이상으로 뜨거울 때가 많아요. 진정한 사랑은 뜨거운 가슴이 아니라 차가운 머리에서 나오는 것입니다. 사랑을 그르치고 싶지 않다면 너무 조급해할 필요 없어요.

안개처럼 팬데믹에 갇힌 오늘, 손을 잡고 저 미래로 달아나자

BTS 〈Life Goes On〉
윤동주 〈흐르는 거리〉

윤동주가 BTS와 만나기 전에

코로나로 전 세계에 비상이 걸리게 되면서 '팬데믹'이라는 용어가 아무렇지 않게 일상어로 쓰이는 요즘. 그리스어로 팬(pan)은 모두, 데믹(demic)은 사람이라는 뜻으로, 이 말을 합친 '팬데믹'은 세계보건기구(WHO)에서 6단계로 나누어놓은 전염병 위험도 중에서 최고 단계인 6단계를 뜻하는 말이다. 즉 '팬데믹'은 특정 전염병이 세계적으로 전파되어 모든 사람이 감염될 수 있다는 강력한 경고에 다름 아니다.

이처럼 강력한 팬데믹 사태는 비단 코로나19가 처음인 것은 아니다. 역사상 가장 유명한 팬데믹이 지금으로부터 약 700년 전인 14세기에 유럽을 덮친 바 있다. 당시 유럽 인구의 3분의 1을 죽음으로 몰아갔다는 그 전염병의 이름은, 흑사병으로도 불리곤 했던 '페스트'. 3명 중 1명꼴로 목숨을 잃었다면 페스트의 공포가 얼마나 대단했을지 짐작하고도 남는다. 이 무시무시한 페스트를 소재로 알베르 카뮈는 1947년에 《페스트》라는 한 편의 소설을 세상에 내놓는다.

페스트가 덮친 프랑스의 도시 오랑. 그곳은 세상과 격리된 채 페스트와의 처절한 싸움을 시작한다. 오랑에는 수시로 짙은 안개가 자욱하게 뒤덮여 도시에 퍼져버린 페스트를 마치 눈으로 느껴보라는 듯 음산한 분위기를 연출한다. 요컨대 도시를 뒤덮은 안개는 곧 '페스트'와도 다름없는 것이다. 음산한 안개에다가 눅진눅진한 습기가 피부로 느껴지는 듯한 더위 속 폭우와 소나기는 암울함과 절망감을 더한다. 이처럼 소설 곳곳에 묘사되는 비와 안개는 당시에 창궐했던 치명적 감염병을 시각적으로, 그리고 촉각적으로 그려낸다.

사람들이 말을 하고 있는 동안 날씨가 악화되어 갔다. 수위가 죽은 다음 날에 짙은 안개가 하늘을 뒤덮었다. 억수 같은 소나기가 이 도시에 퍼부었다. 그러고는 그 갑작스러운 폭우에 이어서 푹푹 찌는 더위가 계속되었다. 바다까지도 그 짙은 푸른 빛을 잃은 채 안개 낀 하늘 아래서 은빛으로, 혹은 무쇳빛으로 눈이 아플 지경으로 번뜩거렸다.

– 알베르 카뮈, 《페스트》에서

이 밤을 하염없이 안개가 흐른다

카뮈의 《페스트》가 발표된 시기와 비슷하게 윤동주는 〈흐르는 거리〉를 창작했다(공교롭게도 《페스트》와 〈흐르는 거리〉 모두 1940년대 작품이다). 윤동주가 카뮈의 소설을 읽고 그에 영향을 받아 이 시를 창작했을 가능성은 희박하지만, 윤동주의 〈흐르는 거리〉를 지금 읽노라면, 페스트의 안개를 그대로 차용한 듯한 인상을 지울 수가 없다. 그만큼 두 작품 속에서 안개는 비슷한 분위기를 풍긴다. 그래서 2021년 현재의 시점에서 시를 감상하면, 거리에 흐르는 '안개'는 영락없이 현재의 팬데믹 상황을 암울하게 나타낸 것으로 읽히기도 한다. 이 시의 제목인 '흐르는 거리'는 사실상 '(안개가) 흐르는 거리'이고, 더 구체적으로는 전염병이 서서히 안개처럼 퍼져나가는 거리이다.

으스름히 안개가 흐른다. 거리가 흘러간다. 저 전차, 자동차, 모든 바퀴가 어디로 흘리워가는 것일까? 정박할 아무 항구도 없이, 가련한

많은 사람들을 싣고서, 안개 속에 잠긴 거리는,

거리모퉁이 붉은 포스트 상자를 붙잡고, 섰을라면 모든 것이 흐르는 속에 어렴풋이 빛나는 가로등, 꺼지지 않는 것은 무슨 상징일까? 사랑하는 동무 박이여! 그리고 김이여! 자네들은 지금 어디 있는가? 끝없이 안개가 흐르는데,

'새로운 날 아침 우리 다시 정답게 손목을 잡아보세' 몇 자 적어 포스트 속에 떨어트리고, 밤을 새워 기다리면 금휘장에 금단추를 삐었고 거인처럼 찬란히 나타나는 배달부, 아침과 함께 즐거운 내림(來臨)

이 밤을 하염없이 안개가 흐른다.

- 윤동주, 〈흐르는 거리〉

'으스럼히 안개가 흐'르고 거리는 안개 속에 잠겨 아무것도 보이지 않는다. 코로나에 신음하는 많은 사람들은 어스름하게 어두운 안개에 갇혀서 마땅히 갈 곳도, 정박할 곳도 찾을 수 없는, 미래가 불투명한 하루하루를 보내고 있다. 가련하게도 말이다.

전염병과 사회적 거리두기로 인해 사랑하는 친구들마저도 만날 수 없는 현실. 절친 박 아무개와 김 아무개가 지금 어디에 있는지조차 알 수가 없다. 혹시 편지라도 오지 않을까 하는 기대를 가지고 우편함을 붙잡고 서 있어보지만, 편지는 오지 않는다. 안개가 흐르는 거리에 '어렴풋이 빛나는 가로등'을 목격할 뿐이다. 그러고는 화자는 꺼지지 않는 가로등이 무슨 상징일지 상상해 본다. 그것은 '끝없이 안개가 흐르'고 있지만, 그럼에도 불구하고 좀처럼 꺼질 줄 모르는 '희망'의 불빛에 다름 아니다.

안개가 걷히고, '새로운 날 아침'이 오면 사회적 거리를 무너뜨리고 드디어 친구들과 마음 놓고 손잡아 볼 날이 올까? 희망을 맛본 화자는 더 이상 손 놓고 친구의 편지를 기다리기만 하지 않는다. 새로운 날을 기약하는 편지를 먼저 써서 우편함에 떨어뜨리기로 마음먹는다. 밤을 새워 기다리면 언젠가 희망의 답장을 전해주는 배달부가 금빛 치장을 하고 '거인처럼' 나타날 거라고 기대하면서. 코로나를 극복할 치료제이든, 백신이든 팬데믹을 극복하게 될 그 날을 기다리는 것처럼. '희망'을 배달해 줄 배달부는 누구일까? 그는 과연 언제 오는 걸까?

1940년대 초, 일제의 만행이 절정에 치달았을 암흑기에, 윤동주는 거리에 가득한 안개 속에서도 희망을 찾는다. 여전히 어두운 밤이지만 '거인처럼' 찾아올 조국의 찬란한 독립을 기대하며 힘겹게 버티고 있었다. 이 극적인 감성이 80년 세월을 지난 현재의 우리 사회에 딱 들어맞게 될 줄 누가 알았을까. 안개는 시대를 막론하고 언제라도 낄 수 있고, 또 동시에 그 안개는 언젠가는 걷히기 마련이다.

여기 내 손을 잡아 저 미래로 달아나자

BTS는 코로나19라는 팬데믹으로 인해 너나 할 것 없이 모두가 무력감을 느끼는 상황에서, 〈Life Goes On〉이라는 노래로 세상에 용기와 희망을 주려고 했다. "Life Goes On."은 "삶은 계속된다."라는 뜻으로, 코로나 때문에 아무리 힘들고 어렵더라도 '어쨌든 이겨내야 한다.'라는 메시지를 담고 있다.

어느 날 세상이 멈췄어

아무런 예고도 하나 없이

봄은 기다림을 몰라서

눈치 없이 와 버렸어

발자국이 지워진 거리

여기 넘어져 있는 나

혼자 가네 시간이

미안해 말도 없이

오늘도 비가 내릴 것 같아

흠뻑 젖어버렸네

아직도 멈추질 않아

- BTS, 〈Life Goes On〉에서

코로나19로 인해 세상은 한순간에 아무런 예고 없이 멈춰버
렸다. 거리에 나가봐도 사람들의 발자국은 보이지 않는다. 물
론 세상이 이렇게 멈추었어도 시간은 어김없이 홀로 멈추지
않고 흐르는 법. 그렇게 봄이 찾아오지만 멈춘 세상 속에 혼자
넘어져 있는 화자는 봄이 하나도 반갑지 않다. (화자는 눈치 없는
봄이라고 핀잔을 주고 있다.) 왜일까? 화자가 '흠뻑 젖어버'릴 만큼
비가 쏟아지고, 그 비가 좀처럼 그칠 것 같지 않기 때문이다.
글머리에 카뮈의 《페스트》에서 쏟아지는 비가 어떤 분위기를
조성했는지 떠올려보자. 윤동주의 〈흐르는 거리〉에서는 '안개'
로, 이 노래에서는 또다시 '비'로 팬데믹의 암울한 분위기를 나
타내고 있다.

사람들은 말해 세상이 다 변했대

다행히도 우리 사이는

아직 여태 안 변했네

늘 하던 시작과 끝 '안녕'이란 말로

오늘과 내일을 또 함께 이어보자고

멈춰 있지만 어둠에 숨지 마

빛은 또 떠오르니깐

- 〈Life Goes On〉에서

    윤동주의 〈흐르는 거리〉에서 서로의 소식이 물리적으로 차단된 상태에서도 친구와의 소통을 위해 편지를 주고받으며 변함없이 '사이'를 유지하려 했던 화자처럼, 이 노래의 화자 역시 마찬가지이다. 세상이 모두 변해버린 최악의 상황에서도 변하지 않은 '우리 사이'를 확인하며 '안녕'이라는 일상의 인사말로 관계를 유지해 보려는 화자. 특별한 것이 아닌, 지극히 일상적인 것들이 오늘과 내일을 이어주는 유일한 방법이라는 듯 말이다. 그렇게 화자는 아무리 안개와 같은 어둠 속에 갇혀 있을지라도 '빛'이 떠오를 것이라는 희망을 잃지 말자고 노래한다. 윤동주가 〈흐르는 거리〉에서 '어렴풋이 빛나는 가로등'을 목격하며 희망을 가졌듯이.

세상이란 놈이 준 감기

덕분에 눌러보는 먼지 쌓인 되감기

넘어진 채 청하는 엇박자의 춤

겨울이 오면 내쉬자

더 뜨거운 숨

끝이 보이지 않아

출구가 있긴 할까

발이 떼지질 않아 않아 oh

잠시 두 눈을 감아

여기 내 손을 잡아

저 미래로 달아나자

Like an echo in the forest

하루가 돌아오겠지

아무 일도 없단 듯이

Yeah life goes on

– 〈Life Goes On〉에서

이 노래의 화자는 세상이 멈춘 덕에 그간 먼지 쌓이도록 한 번도 돌아보지 못했던 자신의 뒤를 살피게 된다. 넘어진 김에 쉬어 간다고, 화자는 자신의 모습을 하나씩 차례대로 노래한다. 코로나로 세상은 갑작스럽게 멈춰버렸지만, 일상이 남긴 관성을 이기지 못하고 그대로 넘어져 '엇박자'로 '춤'을 추어야만 하는, 아직은 불완전한 삶을 이어가는 화자. 겨울이 오면 움츠러들지 말고, 오히려 '뜨거운 숨'을 쉬며 이겨내자는 화자. 출구가 보이지 않아 한 발도 내딛지 못하는 절망적인 상황의 화자. '잠시 두 눈을 감'으라는 화자는 이내 결심한 듯 이렇게 얘기한다. 모두 '내 손을 잡'고 '저 미래로 달아나자'라고. 푸시킨의 다음 시의 한 구절처럼.

삶이 그대를 속일지라도 / 슬퍼하거나 노하지 말라 / 기쁨의 날이 오리니 / 마음은 미래에 사는 것

– 알렉산드르 세르게비치 푸시킨, 〈삶이 그대를 속일지라도〉에서

현실이 괴로울 때 마음을 미래에 두는 것이 (희망 고문이 아니라) 진실한 행복일 수 있는 전제는, 괴로움의 날이 가고 언젠가 반드시 기쁨의 날이 올 것이라는 믿음에 있다. 화자는 숲

에서 되돌아 나오는 메아리 소리처럼, 평범한 일상의 '하루'가 아무 일 없다는 듯이 되돌아올 것이라고 노래한다. 어째서 그럴 수 있는 것일까? 바로 위에서 인용한 노래의 마지막 부분에서 볼 수 있듯이 삶은 계속되고, 또 계속되어야 하기 때문이다. 요컨대 BTS의 〈Life Goes On〉이라는 노래는, 세상이 얼핏 멈춘 것 같지만 어쨌든 계속되므로 일상 속에서 서로 위로하고 각자가 행복해할 만한 것을 찾으며 살길 바라는 마음을 담은 노래이다.

윤동주가 BTS를 읽고 나서

'안개'가 흐르는 거리는 가련한 사람들로 가득해 정말 암담했습니다. 상황이 그렇다 보니 친구들과의 관계가 그리워 '새로운 아침이 오면 손목을 잡자.'고 편지를 썼습니다. 언젠가 그들에게서 반가운 답장이 오리라 기대합니다. 비록 이 밤은 하염없이 안개가 흐르고 있지만 언젠가 안개가 걷힐 것을 나는 믿습니다.

BTS, 당신들이 사는 곳은 지금 치명적인 전염병의 지배하에 있지만, 당신들이 내민 손을 잡고 밝은 미래를 미리 살기 시작한 사람도 많이 생겨났을 겁니다. BTS, 당신들이 간절히 돌아오기 바라고 있는 미래의 '하루'는, 내가 기다리고 있는 '배달부' 같은 것인가 봅니다. 우리 함께 '안개'가 걷히고 '비'가 그칠 날을 고대해 보도록 합시다. 당신들 말마따나 어쨌든 삶은 계속되어야 하니까요.

윤동주가 걸어가는 새로운 길, BTS가 맞이하는 새로운 날

1.

현재까지 윤동주 시인의 이름으로는 《하늘과 바람과 별과 시》라는 제목이 붙은, 단 한 권의 시집만이 세상에 나와 있을 뿐이다. 게다가 이 시집은 윤동주의 사후에 후배들이 출간한 것이어서 사실상 윤동주 자신은 살아생전에 시집을 한 권도 내지 못했다. 윤동주는 생전에 줄곧 자신의 시집을 내고 싶어 했었다. 하지만 애석하게도 그는 그토록 바라던 자신의 시집을 미처 손에 쥐어보기도 전에 세상을 떠났다. 하지만 윤동주는 이 시집을 미리 편집이라도 해놓은 것처럼 시집에 대한 자신의 태도를 시 한 편에 압축하듯 담아놓았다. 윤동주의 유고 시집 《하늘과 바람과 별과 시》의 맨 앞에 수록되어, 이 시집의 머리말과 같은 역할을 하고 있는 시가 바로 그것인데, '맨 앞에 두는 시'라는 뜻을 지닌 '서시(序詩)'라는 제목의 시이다.

이 시 한 편에는 윤동주의 삶의 가치관과 철학이 고스란히 녹아 있다. 만약 윤동주의 시를 단 한 편밖에 읽을 수 없는 상황이라면, 그 어떤 시보다 〈서시〉 한 편을 읽기를 추천하는 것도 바로 이런 까닭에서이다. 윤동주의 시를 모두 모아서 하나의 시로 편집해 놓은 느낌이랄까? 우리가 책 한 권을 읽을 때 머리말을 읽고 그 책의 내용을 조망하듯, 〈서시〉라는 시 한편을 감상하면 윤동주의 시 전체를 조망할 수 있게 된다.

죽는 날까지 하늘을 우러러

한 점 부끄럼이 없기를.

잎새에 이는 바람에도

나는 괴로워했다.

별을 노래하는 마음으로

모든 죽어가는 것을 사랑해야지.

그리고 나한테 주어진 길을

걸어가야겠다.

오늘밤에도 별이 바람에 스치운다.

- 윤동주, 〈서시〉

　윤동주는 하늘을 우러러 그 어떤 부끄럼이 없기를 바라며, 전 생애를 걸쳐 그 어떤 유혹이나 시련에도 굴하지 않았다. 별이 바람에 스치우는 혹독한 밤에도 자신을 성찰하며 별을 노래하는 순수한 마음으로 세상을 사랑했던 윤동주는 자신에게 주어진 사명을 저버리지 않고 묵묵히 자신의 길을 걸어갔다. 〈서시〉는 윤동주 시의 총론이며, 이 전후로 창작된 모든 시는 이 시의 각론으로 노래되었다고 볼 수 있다. 그만큼 〈서시〉가 지닌 가치는 절대적이고 총체적이다.

2.

BTS도 새 앨범을 낼 때, 'INTRO'라는 이름을 붙여서 맨 처음 트랙에 앨범 전체의 내용을 암시하는 노래를 담는 경향을 보인다. 새 앨범의 성격을 도입부에 미리 밝혀둠으로써 앨범 전체의 방향성을 암시하는 것이다. 그런데 이것 외에도 BTS가 부르고 있고, 앞으로도 부를 노래의 전체적 성격을 파악할 수 있는 단서가 있다. 윤동주의 시를 〈서시〉 한 편으로 간파할 수 있듯이, BTS의 정체성은 바로 그들이 데뷔한 이름, 그 자체의 함의(含意)를 통해 알 수 있다.

그룹명 BTS의 우리말 이름인 '방탄소년단'은 방탄이 총알을 막아내는 것처럼, 살아가는 동안 힘든 일을 겪는 10대와 20대의 편견과 억압을 막아내고 자신들의 음악과 가치를 지켜내겠다는 의미를 담고 있다. 방탄소년단을 지칭하는 'BTS'는 본래 이름인 '방탄소년단'의 한글 로마자의 첫 세 글자(ㅂ, ㅌ, ㅅ)를 딴 것임과 동시에 'BulleT proof boy Scouts'의 준말이기도 하다. 그리고 2017년에 BTS의 공식 로고를 교체하면서 'Beyond The Scene'의 준말로 미래지향적인 의미를 추가하기도 했다. 이는 한계를 규정짓지 않고 청춘의 장면들을 매 순간 새롭게 뛰어넘는다는 의미를 지닌다. 나중에 추가된 이 의미를 오롯이 담아낸 노래가 있다.

무서움과 두려움 다

헤쳐 나아 갈 수 있을까?

최면에 취한 듯

나를 잡아 당겨 이끌었어

무언가에 홀린 듯

내 안의 목소리를 듣게 됐어

닿지 않아도 선명한 미래의 파편

새로운 세계 꿈의 문장이 날 감싸

나를 찾은 날에

(A brand new day)

빛의 계단을 올라가

꿈을 꾸던 순간

(We know the world)

세상에 날 보여줘

Oh I can be there yeah

(중략)

나 무서워도 안 숨였어

나 두려워도 그냥 달렸어

나는 날 믿었기에 핍박 기로에도

Going ma way 나다운 선택

(I heard)

커지는 목소리 기쁨의 숨소리

순간 느꼈어

난 꿈을 이룰 거란 걸

I'll be there when the day comes

(A brand new day)

- BTS, 〈A brand new day〉에서

'나'를 잡아 이끄는 '내 안의 목소리'에 각성하게 된 화자는 '무서움과 두려움'을 뛰어넘어 미래의 새로운 세계로 향해 나가고자 한다. 오로지 '나'를 믿으며 어떤 '핍박'이나 갈림길에서도 망설임 없이 자신만의 길을 가겠다고 노래한다. 꿈을 이루기 위해 가는 길은, 매일 매일 '새로운 날(A brand new day)'을 맞이하는 기분이라서 화자는 목소리는 커지고 숨소리는 기쁨에 넘친다. 꿈을 이루는 그 날, 자신이 거기에 가 있을 것이라는 희망 덕분에 화자는 매일 새로운 날을 맞이하는 설렘을 맛본다.

3.

북간도가 생활의 근거지였던 윤동주는 고향을 떠나 1938년 서울의 연희전문학교 문과에 진학한다. 서울살이와 문학도의 삶을 막 시작한 스물한 살의 청년 윤동주. 그가 얼마나 큰 희망에 부풀었을지는 어렵지 않게 짐작할 수 있다. 그는 캠퍼스에서 5월의 햇살을 받으며 미래를 향한 설레는 마음을 주체할 수 없었다.

> 내를 건너서 숲으로
> 고개를 넘어서 마을로
> 어제도 가고 오늘도 갈
> 나의 길 새로운 길
>
> 민들레가 피고 까치가 날고
> 아가씨가 지나고 바람이 일고
>
> 나의 길은 언제나 새로운 길
> 오늘도…… 내일도……
>
> 내를 건너서 숲으로
> 고개를 넘어서 마을로
>
> － 윤동주, 〈새로운 길〉

이 시는 윤동주가 입학하고 나서 불과 한 달 남짓한 시기에

지어졌다고 한다. BTS가 무서움과 두려움을 헤쳐 나가듯 자신 앞에 닥칠 고난을 상징하는 '내'를 건너고, '고개'를 넘어서 '나의 길'을 가겠다고 다짐한다. 그 길이 언제나 '새로운 길'로 여겨지는 것은 화자가 새로운 생활에 얼마나 설레고 있었는지 짐작게 한다. 매일 아침 눈뜨는 하루하루가 윤동주에게는 새로운 날이었고, 그 날에 걷는 모든 길이 윤동주에게는 새로운 길로 여겨졌을 것이다. 오늘도, 내일도, 그리고 그다음 날에도 마찬가지였을 것이다. '내'와 '숲'과 '고개'를 넘어 '마을'로 가는 그 길 덕분에 윤동주는 매일이 새롭고 신이 났으리라.

4.

BTS가 '새로운 날'을 노래했다면, 윤동주는 '새로운 길'을 노래했다. 새로운 날은 시간적 개념이고, 새로운 길은 공간적 개념이지만 이 두 노래를 서로 맞대어 감상하게 되면 시간과 공간은 서로 혼재하고 교차되어 공통의 시적 의미를 공유하게 된다.

내가 이 책을 통해 윤동주와 BTS를 서로 만나게 해야겠다는 생각을 한 것도, 바로 이 때문이다. 윤동주와 BTS의 노래를 차근차근히 살펴보니 20대 청년의 삶을 살았던 윤동주의 생각과, 비슷한 시기를 거치고 있는 BTS의 생각은 이 노래에서뿐만 아니라 다른 노래에서도 세월을 초월해 교묘하게 겹쳐지고 있었다. 윤동주와 BTS의 노래는 모두 이 시대를 살아가는 청년들에게 위안을 주고, 각자의 삶을 성찰하며 미래에 대한 희망을 갖게 하고 있었다.

다만 아쉬운 것은 2021년의 시점에서 BTS의 '새로운 날'은 아직도 현재 진행형이고, 미래 지향형인데 반해, 윤동주의 '새로운 길'은 과거 완료형이 되어 단절되고 말았다는 점이다. 윤동주가 더 이상 새로운 노래를 부르진 못하겠지만, BTS를 통해 그들의 노래 속에서 윤동주의 숨결을 느낄 수 있으리라는 기대를 해본다. BTS가 노래를 창작할 때, 윤동주를 의식했는지 여부와 상관없이 20대 청년 윤동주의 아름다운 영혼이 BTS의 노래 속에 스며들어, 그 영혼의 향기가 시공을 초월해 지구 건너편, 그리고 먼 훗날까지 전해질 수 있기를 간절히 소망한다.

BTS, 윤동주를 만나다

청춘에 대한 성찰과 자기 탐색의 노래

1판 1쇄 발행일 2021년 7월 26일

지은이 공규택

발행인 김학원
발행처 (주)휴머니스트출판그룹
출판등록 제313-2007-000007호(2007년 1월 5일)
주소 (03991) 서울시 마포구 동교로23길 76(연남동)
전화 02-335-4422 **팩스** 02-334-3427
저자·독자 서비스 humanist@humanistbooks.com
홈페이지 www.humanistbooks.com
유튜브 youtube.com/user/humanistma **포스트** post.naver.com/hmcv
페이스북 facebook.com/hmcv2001 **인스타그램** @humanist_insta

편집책임 문성환 **편집** 김사라 **디자인** 유주현
용지 화인페이퍼 **인쇄** 청아디앤피 **제본** 정민문화사

ⓒ 공규택, 2021

ISBN 979-11-6080-673-1 43810   KOMCA 승인필